LA DAME EN BLEU

Du même auteur

SYSTÈME DE L'AGRESSION (Choix et présentation des textes philosophiques de Sade), Éditions Aubier-Montaigne, 1972.

LE CORPS À CORPS CULINAIRE, *essai*, Éditions du Seuil, 1976.

Introduction et Notes à *Justine ou les malheurs de la vertu*, de Sade. Collection « Idées », Gallimard, 1979 (réédition dans la collection « L'Imaginaire », Gallimard, 1994).

HISTOIRES DE BOUCHES, *récits*, Mercure de France, 1986. Prix Goncourt de la Nouvelle 1987 (réédition dans la collection « Folio », Gallimard, 1987).

A CONTRE-SENS, *récits*, Mercure de France, 1989. (réédition dans la collection « Folio », Gallimard, 1990).

LA COURTE ÉCHELLE, *roman*, Gallimard, 1991 (réédition dans la collection « Folio », Gallimard, 1993).

A TABLE, *récits*, Éditions du May, 1992.

TROMPE-L'ŒIL, Voyage au pays de la chirurgie esthétique, *essai*, Belfond, 1993.

Noëlle Châtelet

La dame en bleu

roman

Stock

Solange est dans la rue. Elle se laisse porter par le courant, le flot continu des gens. Rien ne la presse, rien ne l'oblige à soutenir le rythme mais elle le soutient. C'est ainsi. C'est ainsi depuis toujours.

Devant, sur le grand boulevard, le flot s'est ralenti. Quelque chose empêche son écoulement. On piétine. L'ordre naturel, la cadence sont menacés. Personne n'aime cela, à cette heure, un changement de parcours, ou de rythme, à cause de quelque chose qui bloque, qui empêche.

Solange à son tour parvient à la hauteur de ce quelque chose. Surprise : une vieille dame.

C'est donc elle, cette infime brindille, la fautrice de trouble ?

Solange se laisse dépasser. Ses voisins la doublent, jettent un coup d'œil agacé sur l'empêcheuse de couler droit, puis ils filent, bien décidés à rattraper le courant, à retrouver le tempo, l'élan collectif, comme s'ils s'étaient donné le mot, comme s'ils poursuivaient le même but.

Solange hésite. Elle retient sa marche. Dire que l'idée lui en vient serait exagérer. Plutôt une impulsion. Une impulsion la pousse soudain à régler ses pas sur ceux de la vieille dame imperturbable qui va à son côté, une jambe après l'autre, très consciencieusement, tout en mesure, pesant chaque pression du pied sur le bitume, dans un balancement doux du corps, la tête un peu inclinée comme pour écouter le froufrou régulier de sa robe en crêpe marine contre les bas de coton clair. Les cheveux blancs fixés en chignon bas sous le chapeau, bleu lui aussi, les gants de filet assortis au petit sac en cuir tressé, tout a été minutieusement pensé pour que la promenade soit élégante.

La vieille dame en bleu va tranquille, tenue par une sorte de dignité, indifférente à l'agitation qui l'entoure. Elle flâne, ostensiblement quoique sans agressivité, tandis que les autres courent.

Solange progressivement s'est mise au diapason. Elle a réduit ses enjambées, cherché son propre balancement. Chacun de ses pas prend maintenant une autre saveur. La lenteur leur donne un goût nouveau.

Longtemps, Solange chemine ainsi dans la foulée de l'insolite flâneuse. Ce ralentissement, elle le déguste, se l'approprie.

Cependant Solange est arrivée au croisement de sa rue. Elle doit se séparer de la vieille dame. Elle marque un temps, hésite à nouveau. Sa secrète compagne a-t-elle perçu cette hésitation ? En tout cas, pour la première fois, elle tourne la tête.

Le regard, bref, presque imperceptible, qu'elle pose sur Solange ressemble à un sourire et le sourire à un acquiescement. Acquiescement à quoi ?

Solange, spontanément, renvoie le même sourire. A son tour elle acquiesce. A quoi ?

Puis elle avale une goulée d'air et tourne le coin de la rue.

C'est fait.

Solange va consciencieusement, tout en mesure, pesant chaque pression du pied sur le bitume, dans un balancement doux du corps, la tête un peu inclinée comme pour.

Solange se réveille tranquillement, bien après la sonnerie de sept heures dont elle ne garde qu'un vague souvenir. Elle s'offre le luxe d'une seconde théière bouillante, ce qu'elle ne fait généralement que le dimanche pour se livrer à ce qu'elle appelle elle-même ses « ablutions », une gymnastique particulière qui consiste à mettre du propre dans ses pensées, à nettoyer sa conscience.

Aujourd'hui, la rencontre de la veille devait être époussetée en priorité, évidemment. Elle méritait une attention particulière dans le ménage mental.

Peut-être Solange devrait-elle s'inquiéter de savoir comment et pourquoi quelque chose a changé depuis qu'elle a dit « oui » à une vieille dame en bleu ?

Pourtant, curieusement, sur ce « oui » Solange n'a guère envie d'épiloguer, comme si l'avoir éprouvé suffisait, comme s'il faisait déjà partie des choses qui ne se discutent pas, d'une évidence.

Non, vraiment, en ce moment, c'est plutôt sa fille Delphine qui occupe son esprit. On est mardi, jour de leur dîner en tête-à-tête « Chez Pierre », rue de Vaugirard.

Delphine, qui vient de fêter ses vingt et un ans, a depuis plusieurs mois sa propre maison, un minuscule studio qu'elle doit à la complaisance de son père et où les galants se multiplient.

Les dîners du mardi sont une manière de faire le point sur les avantages et les inconvénients de cette prolifération masculine, et les vertus de ménagère de Solange ne sont pas inutiles, d'autant qu'elle les pratique plus en grande sœur qu'en mère, plus dans la complicité que dans la réprimande car depuis son divorce, depuis qu'elle a elle-même retrouvé son indépendance, Solange, tout aussi dépassée que sa fille, mesure la difficulté de trancher, en matière d'hommes, entre raison et déraison.

Cependant, ce matin, Solange sent qu'elle pourrait faire mieux, dépasser la complicité. Un sentiment nouveau lui dit qu'il serait peut-être bon d'aider Delphine d'un peu plus loin, à plus de distance, de la considérer d'un autre point de vue, en quelque sorte. En mère ? – Non, mieux que cela : au-delà. Cet au-delà n'a pas de nom – du moins pas encore – mais c'est ainsi, certainement, qu'il faut conseiller Delphine dorénavant, elle en a la conviction.

En remuant ces pensées inhabituelles, Solange, sans se presser, cherche dans son armoire une tenue qui lui convienne. Dans sa garde-robe, le rouge domine, une couleur qui rehausse bien le jais de ses cheveux, largement répandus sur ses épaules et qui suscitent depuis longtemps l'admiration des uns et la convoitise des unes. Les tenues sont pour la plupart courtes, cintrées, et les pantalons plutôt moulants, des vêtements un rien provocants d'une personne de cinquante-deux ans qui se sait belle et tient à le rappeler.

Solange fait l'inventaire de tout ce déballage de féminité, perplexe. Aujourd'hui elle aimerait pour sortir quelque chose de plus sobre, de moins ostensible. C'est alors qu'elle déniche sous une housse de toile un tailleur gris perle très à propos dont le plissé, bien qu'un peu démodé, la satisfait. De quelle époque date ce vêtement, d'une fort belle étoffe d'ailleurs ? Elle ne saurait le dire, mais il lui va, il lui va parfaitement...

Solange, qui n'a pas regardé sa montre, se retrouve dehors bien après onze heures. Sa rue n'est plus la même : le gros des troupes est déjà au travail. L'espace appartient aux ménagères, aux enfants en bas âge et surtout à ceux qu'autrefois on appelait les anciens et que maintenant on surnomme, au travers d'une expression qui relève à la fois du paléontologique et du géologique : le troisième âge.

Ce matin, cette rue qu'elle arpente depuis des années, c'est à peine si elle la reconnaît. D'habitude, elle fend le trottoir d'une enjambée si frénétique que les passants tombent autour d'elle comme des copeaux de bois tranché. D'habitude, l'ardeur de son pas est telle que les vitrines défilent comme des lames de paysage vu d'un train lancé à pleine vitesse. Elle prend la rue, s'en empare, la force à se soumettre. Elle plante ses talons hauts et pointus dans le gras de la chaussée et bondit en avant vers l'urgence, le pressant, le pressé.

Oui, mais d'habitude, c'était hier. Aujourd'hui, c'est autre chose.

D'ailleurs, n'est-ce pas dans la rue que tout a commencé ?

Aujourd'hui, si Solange voit les anciens, ceux qui ont tout leur temps, c'est parce qu'elle marche du même pas, un pas dont la cadence a pénétré son âme, celui d'une dame en bleu.

La physionomie de la rue est au tempo de sa nouvelle démarche. Elle se découvre dans la lenteur de l'appropriation, une lenteur qui transforme tout, la forme des maisons, l'odeur des étalages, la clameur des voix.

Son tailleur gris s'imprègne de toute cette nonchalance.

Dommage que le travail à l'agence l'attende. Solange aurait volontiers musardé quelque temps encore dans ce décor familier livré au ralenti.

De loin, elle voit venir son autobus. Faudra-t-il courir pour l'attraper ? Toute une part d'elle-même s'y prépare déjà. Pourtant, elle se contentera d'un petit signe au conducteur, un signe de détachement bien plus qu'un signe d'appel : on ne court pas lorsqu'on a dans les yeux l'émerveillement de l'indolence et dans l'oreille le ravissement du pianissimo.

L'agence est en plein rendement. Il est près de midi. Le cliquetis des ordinateurs s'arrête. Les voix au téléphone restent en suspens. La stupéfaction fige sur place Irène, Colette, Jean-Pierre et Martine.

Solange, à petits pas comptés, se faufile entre les tables et rejoint son bureau en dotant chacun d'un sourire ingénu. Elle retire sa veste de tailleur et l'accroche avec précaution au dossier de la chaise.

Colette, sa complice, son amie, se précipite :

« Qu'est-ce qui se passe Solange ? demande-t-elle, plus inquiète que curieuse.

– Mais… rien… rien !…, répond Solange, angélique.

– Tu n'es pas… malade ou quelque chose comme ça ?

– Mais non. Je vais bien. Je vais même très bien. »

Solange lève les yeux sur Colette qui se mord les lèvres et dont le visage tout entier s'affole.

« Enfin… je suis là, si tu as besoin de moi…

– Oui… merci Colette, mais je t'assure que… »

Solange regarde son amie s'éloigner, avec attendrissement. Il faudra qu'elle lui dise que son jean la serre trop.

Un bout de papier rose tombe sur le bureau. Le petit message de Jean-Pierre. Chaque jour, il l'accueille ainsi, avec un hommage rose de quelques lignes enjôleuses.

Solange est à peine assise que son téléphone sonne. C'est le producteur d'un des films dont elle assure la sortie. Il est content. Il commente avec enthousiasme un article paru dans la presse du matin et félicite Solange comme si elle en était l'auteur, ce qui est un peu vrai – elle a dicté au journaliste pressé quelques remarques admirables – mais pas tout à fait non plus, puisqu'elle trouve personnellement le film plutôt inepte. Le nombre d'entrées augmente ? Bon. Solange aussi est contente. On fait le bilan de la grosse artillerie : le journal de vingt heures avec le réalisateur, la couverture de *Paris Match* pour la vedette. Solange a bien travaillé, c'est un fait. Pourtant, quand elle raccroche, son propre enthousiasme fond d'un coup. Une immense lassitude lui monte à la bouche, un écœurement.

Tout en dépliant machinalement le message de Jean-Pierre qui probablement la guette du coin de l'œil, elle pense à ce métier qu'elle pratique avec tant d'ardeur, à son entrain pour défendre sans distinction les bonnes et les mauvaises causes, au zèle inlassable déployé à solliciter les censeurs, en séduisant toujours, en flagornant parfois.

« Attachée de presse »... l'ambiguïté de l'expression parle d'elle-même soudain. Elle se croyait attachée d'attachement, tenue par des liens affectifs, une vraie inclination, mais elle s'aperçoit surtout qu'elle est ligotée, ficelée comme chienne en laisse, arrimée de son propre gré à la presse en particulier, mais sous presse également, comprimée, par sa propre volonté, contrainte, et en plus de cela : dans la presse, la hâte perpétuelle, l'urgence de chaque instant qui fait que le présent est déjà du passé, qu'il est toujours en retard.

Voilà comment Solange résume, au milieu des téléphones qui sonnent, des journaux qui voltigent, le travail de quinze années jusqu'ici supporté, malgré la tension, sans la moindre rébellion. Elle a déplié entre-temps le petit papier rose, l'immuable signe de la constance virile.

Elle lit : « Ma grand-mère portait un tailleur gris semblable à celui-là. Il te va à ravir… Ah ! J'oubliais : j'avais un faible pour ma grand-mère… Bonne matinée ! Ton dévoué Jean-Pierre. »

Solange relit la phrase plusieurs fois, non qu'elle s'intéresse particulièrement aux déclarations de Jean-Pierre, lequel, si sympathique soit-il, a cessé de la surprendre, mais à cause d'un mot, un mot qu'elle lit pour la première fois de sa vie adressé à elle : « grand-mère »... En d'autres temps il l'eût vexée, bien sûr. Le mot aurait été offensant, il aurait claqué comme une gifle. Là, au contraire, elle le savoure comme s'il venait combler quelque chose, comme s'il définissait l'indéfinissable, l'ineffable d'un désir à la recherche d'une formulation. Ce mot lui convient. Il lui plaît. Il lui va, comme le tailleur gris sorti de la housse de toile. Ne tournait-elle pas autour depuis le matin, en pensant précisément à Delphine ? Cette fois, elle le tient, grâce à Jean-Pierre, brave Jean-Pierre. « L'au-delà de la mère »... Comment ne l'avoir pas vu ? Il est tout entier dans ce mot. « Grand-mère », cette mère plus grande que la mère, plus grande en tout, en savoir, en sagesse, en tendresse, en... Solange tourne la tête vers le messager, le candide prophète. Au visage de Jean-Pierre devenu rouge vif, on comprendra l'intensité du sourire que Solange octroie à son fidèle serviteur...

Le téléphone, encore. C'est le directeur de l'agence qui demande Solange du bureau voisin. Un excellent meneur d'hommes, Bernard, le directeur, un enjoué, qui, par son optimisme, par la flatterie, obtient tout et même plus de ses associés.

Il ne remarque pas la tenue insolite de Solange. En revanche, son retard n'est pas passé inaperçu. Ce n'est pas qu'il surveille mais quand même. Et puis Solange n'est-elle pas le pilier de l'agence ?

« Rien qui n'aille pas, j'espère, Solange ? » demande-t-il en relevant ses lunettes sur son front dégarni. Solange admire au passage la subtilité de la négation.

« Rien, mon cher Bernard. Simplement, voyez-vous, j'ai besoin, dorénavant, de... comment dire... prendre mon temps. Oui c'est cela : prendre mon temps. »

Le ton de Solange n'est pas agressif, ni

insolent. Il est condescendant. C'est pire. En fait, elle est la première étonnée de s'exprimer ainsi avec cette assurance, cette hauteur de ceux qui ont trop de vie derrière eux pour ne pas jeter sur le présent un regard détaché.

« D'ailleurs, poursuit-elle paisiblement, je pense ne pas venir demain à l'agence. J'y serai jeudi, dans l'après-midi… ou peut-être vendredi… on verra. »

Solange, sur ces mots, se glisse hors du bureau de Bernard en prenant bien soin de refermer doucement la porte car de même qu'on ne court pas pour attraper un autobus, on ne claque pas la porte au nez de son supérieur même si on a l'impression, plaisante et irrévocable, qu'il vous est passablement inférieur.

Devant le miroir de la salle de bains, au-dessus de la tablette remplie de flacons, de pots, de tout l'arsenal de crèmes conjuratrices, Solange se contemple pensivement.

L'inspection quotidienne précédée du garde-à-vous à la jeunesse n'est pas pour ce matin, ni le salut au drapeau de la beauté. Le brave soldat qu'elle est, et a toujours été, éprouve soudain des envies de désertion.

Elle se contemple en fait pour une autre raison que celle de répondre à l'appel, briquée, rimmélisée jusqu'au dernier cil, une raison qui n'est pas encore parvenue tout à fait à sa conscience. Si ce matin Solange s'intéresse particulièrement à ces petits signes fatals, à ces petites marques suspectes du temps, c'est autrement que tous les autres matins. Cette fois, elle y met une sorte de délectation tout à fait singulière. Cette fois, loin de s'en inquiéter, elle s'en rassure.

Moins que le présent, elle explore le futur. Solange, à pieds joints par-dessus aujourd'hui, saute allégrement à demain. Elle se cherche là où elle n'est pas encore mais où elle sera forcément. Et même, elle fait du zèle, elle devance, elle anticipe.

Devant le miroir de la salle de bains, c'est en réalité l'avenir qu'elle dévisage si pensivement, c'est lui qu'elle appelle d'un secret désir curieux, impatient...

Après quoi, la pièce change de physionomie. Les flacons et les pots sont rangés dans l'armoire. Seules la poudre de riz et une bouteille d'eau de Cologne trouvent grâce et conservent leur place sur la tablette. Ensuite, Solange s'évertue à dompter sa chevelure magnifique. Elle la roule, la comprime sur sa nuque en un chignon bas, l'emprisonne avec des épingles. Enfin, désappointée par sa garde-robe, elle se rabat de nouveau sur le tailleur gris qu'elle porte maintenant depuis quelques jours avec un chemisier blanc ou noir, avec des souliers plats...

Delphine aussi a trouvé que le tailleur gris lui allait bien finalement, même si elle a marqué une certaine surprise en retrouvant sa mère au restaurant. Un dîner très agréable, ma foi, où Solange, dans un savant dosage de fermeté et de mansuétude, a prodigué à sa fille des recommandations inspirées du pur bon sens, un bon sens qui a semblé stupéfier Delphine davantage encore que le tailleur. A la fin, la jeune fille, avec le même air inquiet que Colette au bureau, a demandé si tout allait bien, et Solange, avec le même air angélique, a répondu que bien sûr.

Solange n'est pas retournée à l'agence. Solange n'a pas non plus donné suite aux messages de plus en plus angoissés de Colette sur le répondeur, ni à tous les autres appels, masculins pour la plupart, dont celui plus insistant de Jacques, l'amant en titre qu'elle surnomme le « Fatal » autant en raison de ses penchants pour la philosophie que pour son incorrigible façon de débarquer toujours au mauvais moment, comme s'il s'ingéniait systématiquement à lui tomber sur la tête, tel le destin, la fatalité ; un défaut largement rattrapé, il est vrai, par une disposition remarquable à s'ébattre, en tous lieux et en toutes circonstances, dans les distractions de l'éros.

Pour l'heure, Solange a mieux à faire qu'à céder à toutes ces pressions de l'amitié et de l'amour.

Depuis qu'elle vagabonde au nouveau rythme de sa pensée et de ses pas, attentive à garder la cadence, le balancement doux, tout en mesure, pesant chaque pression du pied, depuis qu'elle chemine sans contrainte, sans devoir, elle découvre dans son propre quartier de véritables merveilles. Elle y a déniché des cours délicieuses, des demeures incroyables.

Hier, sa flânerie l'a conduite, à quelques pas de chez elle, jusqu'à un square minuscule dont elle ignorait l'existence.

C'est ce square qu'elle s'en va explorer. A l'entrée, la petite porte métallique grince quand on l'ouvre et quand on la referme. Ce grincement lui rappelle la grille qui séparait le jardin de la dune, dans sa maison d'enfance au bord de la mer.

Le square ressemble à un dessin naïf. Un seul banc sous un seul arbre. Un bac à sable entouré de trois chaises. Un rectangle de gazon très vert posé en tapis sur le gravier gris rosé. Dans le bac à sable, assise dans une robe en corolle blanche qui la fait ressembler à un crocus, une petite fille joue avec des cubes près d'une matrone un peu obèse plongée dans un magazine. Sur le banc, un vieux monsieur grave semble perdu dans la contemplation du crocus, les mains jointes sur son gilet de laine, tandis qu'une dame, à peu près du même âge, converse avec un chat roux tenu en laisse et roulé à ses pieds.

Le grincement de la porte n'a pas troublé cette scène immuable.

Solange, discrètement, s'assoit à l'extrémité du banc.

A son tour, elle suit l'ouvrage de l'enfant-crocus en robe blanche et l'emboîtement minutieux des cubes sur le sable.

Le chat roux s'est endormi mais la dame poursuit sa litanie. Elle raconte des histoires de poisson frais et de lait tiède, une berceuse pour chat.

Les pages du magazine tournent. Les heures avec.

Il n'y a plus qu'à pénétrer dans le décor du square, s'y inscrire, trouver sa place sans rien déranger, céder à l'engourdissement, au bien-être délicieux du vide, devenir tour à tour chat roux, page qui tourne, cube, sable blond, bouton de gilet, gras rose et tremblotant du bras de la matrone obèse.

Solange entre sans effort dans la vacuité, avec au cœur un sourire, celui d'une dame en bleu.

Sans s'en rendre compte, les jours passant, Solange s'est mise à occuper autrement sa maison. De plus en plus elle vit dans sa cuisine. Elle a déserté le salon dont le chic, le bon goût la mettent mal à l'aise. Même le hamac de Bahia où elle se vautrait pour écouter de la musique lui paraît un peu ridicule. D'ailleurs elle ne traverse plus le salon que pour arroser ses plantes sous la porte-fenêtre qui donne sur la cour, en marchant sur la pointe des pieds, comme si elle était chez quelqu'un d'autre, ou pour écouter le répondeur qu'elle n'a pas osé interrompre à cause de Delphine partie rejoindre son père à Madrid pour trois mois.

Quand elle rentre de ses promenades,

Solange range son sac sur le haut du Frigidaire et ses chaussures dans un sac en plastique en bas du casier à légumes, puis elle s'assoit des heures, en peignoir et en pantoufles, à la table de la cuisine sur laquelle s'entassent papiers, agendas, cahiers, lectures en cours et toute une collection de crayons qu'elle a rassemblés dans un pot à bière.

Elle aime beaucoup lire dans l'odeur de la soupe aux légumes ou la chaleur d'un haricot de mouton qui mijote sur le feu, imprégnant les pages d'une senteur moite.

Si le téléphone sonne, elle va ouvrir la porte du salon et, sauf s'il s'agit de Delphine, fait l'effort de noter sur un petit carnet le nom du trouble-fête mais sans écouter vraiment le contenu du message.

Parfois, elle se juche sur le tabouret à l'angle de la fenêtre derrière le rideau de cretonne et observe la rue, deux étages plus bas.

La régularité des riverains, qu'elle apprend maintenant à connaître, la charme. Il y a les heures d'entrée et sortie d'école, quand les enfants envahissent l'espace de leurs cris suraigus d'hirondelles, celles des stores de magasins ou de garages qui se lèvent et se baissent dans un bruit métallique brutal, agressif, celles des klaxons en fin de journée, ces appels, ces sinistres plaintes d'humains à bout d'eux-mêmes.

Toute cette agitation au-dessous d'elle remplit Solange d'un sentiment mêlé d'amusement et de commisération. Souvent, le front collé à la vitre, elle savoure sa chance d'être là où elle est, tandis que le tic-tac du réveil de la cuisine égrène sans autre but que d'égrener.

Un jour qu'elle assiste à la sortie de l'école, appuyée à la rambarde de la fenêtre, en s'attendrissant sur toutes ces petites bouches avides barbouillées de chocolat et de confiture, elle remarque, de l'autre côté de la rue, au même étage que le sien, la silhouette d'un homme apparemment occupé par la même scène. En regardant avec plus d'attention, frappée par l'air grave du visage, elle reconnaît le vieil homme du square. Cette découverte, elle ne sait pourquoi, la remue. Il est vrai, c'est la première fois depuis des semaines qu'elle partage quelque chose avec quelqu'un et pas n'importe quoi justement : un moment privilégié, celui du goûter des enfants qui n'intéresse personne d'autre que les enfants eux-mêmes, cette récompense qui suspend le temps au sucre, un moment parfaitement indifférent, en tout cas inutile à la marche du monde.

Le vieux monsieur grave aussi l'a vue. L'a-t-il reconnue ? Sans doute car il lève la main, très lentement, comme s'il voulait prolonger, solenniser cet instant, puis il s'efface.

Ce soir-là, en allant au lit, Solange éprouve une vraie allégresse. Elle n'est plus seule désormais à jouir de l'inutilité. De l'autre côté de la rue, d'une fenêtre semblable à la sienne, on assiste avec la même tranquillité au spectacle du monde : un autre témoin, un autre figurant comme elle.

Elle revoit le square qui lui a donné sa première leçon de vacuité et en même temps de modestie voluptueuse, ce square qui peut exister autant avec elle dedans que sans elle du tout, car qu'elle soit ou non sur le banc du square ne changera rien à la blancheur de l'enfant-crocus ni à la verdeur du pan de pelouse sur le gravier gris rosé.

Solange se dit que la dame au chat roux, le vieux monsieur grave et maintenant elle appartiennent bien au même genre humain. Tous trois sont remplaçables. Solange est remplaçable... Le terme l'amuse : il contredit très exactement les propos que Colette lui a tenus le jour où Solange a téléphoné au bureau pour avertir qu'elle ne reviendrait plus. A bout d'arguments, découragée par l'entêtement de sa compagne, Colette avait presque crié :

« Mais enfin, Solange, il faut que tu reviennes ! Tu sais bien qu'à l'agence tu es irremplaçable ! »

En se préparant au coucher, dans l'air embaumé de la verveine qu'elle prendra dans son lit en écoutant la radio, avec une lampée de miel d'acacia, Solange ne peut s'empêcher d'avoir une pensée émue pour Colette, la meilleure de ses amies, restée là-bas, là-bas de l'autre côté d'une rive que Solange a franchie si simplement qu'elle n'en a même pas de mérite. Il faudra qu'elle lui écrive...

Ici, la nuit est onctueuse. Ici, on glisse jusqu'au sommeil dans un balancement doux du corps.

C'était fatal, Jacques lui est tombé dessus au pire moment, entre la sortie de l'école et l'heure des klaxons, le moment où, dans la cuisine, la soupe du soir commence à mouiller la fenêtre d'une fine buée odorante, à l'instant très délicat où Solange tente de décalquer dans un cahier de choses les volutes d'une graminée particulièrement subtile qu'on ne trouve, paraît-il, qu'en Amérique du Sud, chez les Indiens.

Le coup de sonnette impérieux et inopportun ne fait aucun doute : c'est bien Jacques qui est planté sur le palier, une bouteille de champagne à la main, candide et polisson, bien décidé à entrer, cela se voit, malgré l'œil peu amène de celle à qui le champagne est destiné.

« On ne peut pas dire que tu te précipites sur le téléphone ! » dit Jacques en poussant d'une bourrade la porte du salon. Là, léger flottement : la pénombre de la pièce dont les volets sont clos et surtout l'odeur de renfermé surprennent sans doute le joyeux drille.

« Mais qu'est-ce qui se passe ? » demande-t-il en allumant le plafonnier et en examinant l'occupante avec attention.

Cette fois, Jacques vacille. Sa perspicacité de philosophe et son esprit de synthèse font que tout doit lui apparaître d'un bloc : le peignoir, les pantoufles, les bas de coton, le chignon serré et, par-dessus tout, un je-ne-sais-quoi de Solange qui fait qu'elle n'est probablement plus tout à fait Solange.

Solange soupire et, avec le plus grand calme, en traînant un peu des pieds à cause des chaussons, va ouvrir les volets, laisse la fenêtre entrebâillée, éteint le plafonnier avant de s'asseoir sur le canapé, l'air délibérément contrarié.

Jacques, sans un mot, s'effondre dans le fauteuil en cuir en face du canapé. Il est comme cramponné à la bouteille de champagne.

Tous deux se dévisagent un long moment : lui qui veut comprendre, elle qui ne veut pas dire.

Des effluves de soupe aux légumes viennent lécher le silence.

Solange se doute bien que, pour Jacques, ce doit être difficile, alors elle se lance, très gentiment, très bienveillante, avec ce rien de condescendance qui lui est devenue familière :

« Ne me demande surtout pas si je ne suis pas malade, ou quelque chose comme ça, tu veux ? »

Jacques pose la bouteille de champagne sur la table basse en bois laqué et, sans répondre, s'en va quérir deux flûtes.

Visiblement, il cherche une conduite, tente de se reprendre, d'être au mieux de ce qu'il doit être. Le bouchon saute avec un bruit bizarre, un bruit de pétard mouillé.

Solange regarde pétiller le liquide doré

dans les flûtes en cristal puis Jacques, son amant préféré, quand même, avec sa bonne figure d'enfant prolongé si déconfite, qui voudrait bien, elle en est sûre, demander pouce, éclater de rire et renverser Solange sur le canapé pour en finir une fois pour toutes.

« Comment vas-tu, toi, mon Jacques ? » poursuit-elle, terriblement attendrie par la première gorgée de champagne frais qui lui rappelle qu'elle n'a pas bu d'alcool depuis fort longtemps.

Enhardi par le possessif, Jacques rejoint Solange sur le canapé.

« Tu me manques », répond-il en posant une main expressive sur les deux genoux serrés. Solange contemple ses pantoufles, ses bas de coton. Elle ne peut tout de même pas lui dire que lui ne lui manque pas.

« Allons, allons ! » dit-elle, sincèrement désolée. Elle attire Jacques. Il pose sa tête sur le peignoir en laine des Pyrénées et se laisse caresser les cheveux avec une docilité qui la surprend à peine.

Solange boit une autre gorgée de champagne sans cesser ses caresses. Que pense-t-il, ce pauvre Jacques, tellement habitué à la voir désirable et désirante ? Quant à elle, elle a du mal à imaginer toutes les folies auxquelles tous deux se sont livrés sur ce même canapé et dans le hamac de Bahia.

Les images de leurs prouesses érotiques qui lui viennent ont soudain dans son souvenir la couleur brun sépia des photographies surannées d'un album clandestin. Elles se perdent déjà dans la mémoire des hauts faits du dévergondage. C'était elle ? C'était eux ?

Mélancolique, Solange ? Certainement pas. Que toutes ces folies d'amour aient été lui plaît – elle en éprouve même une certaine fierté –, mais lui plaît davantage encore l'idée qu'elles soient finies, enfin finies. Cela non plus, elle ne peut pas le lui dire, à Jacques.

En plongeant ses doigts dans la tignasse de l'amant abandonné sur ses genoux, infiniment soulagée de n'éprouver ni désir ni attirance, comme si la tendresse seule de ce geste suffisait à la satisfaire, Solange ferme les yeux. Quant à Jacques, elle le sent, il est vaincu, les deux épaules collées au sol par l'énorme, l'invincible puissance de toute cette tendresse imprévisible.

C'est Solange qui dérange la première la posture de cette scène qui ne figurera certainement pas dans les annales des publications libertines : « Ma soupe ! » s'esclaffe-t-elle. Et la voilà qui se dégage, prend comme un ballon la tête de Jacques et la pose avec peu d'égards sur le tissu rêche du canapé. Salomé a dû faire quelque chose de ce genre avec Jean Baptiste, elle en a bien conscience, mais une soupe qui attache fait partie des urgences...

Solange ramasse ses planches de graminées et ses crayons de couleur et s'active sur le moulin à légumes.

« Tu peux finir le champagne, tu sais ! » crie-t-elle à Jacques qui a probablement retrouvé sa tête ainsi que ses esprits puisqu'il est là, debout, appuyé contre la porte de la cuisine à regarder Solange silencieusement.

Elle se tourne vers lui. « Tu veux partager ma soupe ? » propose-t-elle, un peu à contrecœur, car rien ne lui est plus agréable, à l'heure où d'habitude elle rentrait de l'agence harassée avec la perspective d'un dîner en ville où il faudrait briller et plaire, que de déguster la soupe du soir, solitaire, si possible en robe de chambre, repassant au ralenti le film instructif des allées et venues parfaitement inutiles et pourtant bien remplies de toute une journée de vide.

Le visage de Jacques est éloquent : il est accablé.

« Non, merci », répond-il et dans le « merci », Solange, qui n'est probablement plus tout à fait Solange mais qui n'a rien perdu de sa finesse, entend ce qu'il faut entendre : « Si c'est tout ce que tu as à m'offrir ma pauvre petite, non vraiment, sans rancune, mais quand même j'aimerais bien que tu m'expliques ce qui t'arrive. Tu m'inquiètes à la fin. Et moi, où je suis, moi, dans tout ça ! »

Elle continue de passer ses légumes. Le moulin grince. Tout grince.

Alors Solange se décide : elle s'approche de Jacques, très près, presque contre lui. Peut-être pense-t-il même qu'elle va l'embrasser...

« Tu vois ce cheveu blanc près de mon oreille ? »

Jacques ne dit rien, médusé, presque effrayé.

« Eh bien, poursuit Solange, il me plaît, je l'aime. C'est tout, Jacques ! »

Jacques parti, Solange referme les volets du salon et rince les deux flûtes à champagne. Elle prépare la table pour manger sa soupe. Elle la trouve moins bonne qu'hier, à cause du petit goût de brûlé.

L'art du catimini n'a plus de secret pour Solange. C'est même devenu son divertissement favori. Grâce au gris du tailleur qui lui permet de disparaître dans les murs, de se fondre avec le trottoir, grâce à cette façon particulière qu'elle a gardée de marcher, tout en mesure, pesant chaque pression du pied sur le bitume, dans un balancement doux du corps, elle peut s'offrir le luxe d'aller et venir parmi ses frères humains aussi tranquillement que si elle était transparente.

Parfois les gens la frôlent. Elle respire alors en tapinois leur odeur, différente selon les moments de la journée, selon qu'ils sont inquiets ou détendus. Elle les écoute parler aussi et pénètre dans leurs vies par de minuscules brèches de leur intimité. Parfois, embusquée dans une porte cochère, comme on s'assoit au milieu de l'herbe pour sentir vibrer les milliers de petits êtres cachés qui la font bruire, elle tend l'oreille, scrute avec attention autour d'elle et devient le témoin invisible de quantités d'aventures qui jusqu'ici lui échappaient. Tous ces incidents, ces historiettes sans importance la ravissent. Elle en fait sa nourriture quotidienne, la petite musique de son existence. Sur ce qu'elle a vu ou entendu dans la journée, elle compose et recompose le soir des heures entières. Les bribes de mots ou d'images volées ici et là finissent en mélodies.

Avec ce qu'elle a vu et entendu hier au soir, par exemple, elle pourrait écrire un opéra.

Elle rentrait chez elle, avec son panier à légumes, se fondant dans les murs lorsqu'un jeune couple particulièrement peu discret s'est arrêté à sa hauteur. Ils étaient en pleine dispute.

Lui, massif, suant de rage répétait : « Tu n'aurais pas dû ! Tu n'aurais jamais dû ! »

Elle, maigrichonne, avec cet air de victime que prennent certaines femmes à l'idée qu'elles sont femmes, gémissait : « Mais il le fallait Michel ! Je n'avais pas le choix ! »

Arrêtés sur le trottoir, ils s'affrontaient. Solange, debout contre le mur, était entre eux deux. Elle aurait pu les toucher. Elle aurait pu poser la main sur le gros bras humide de l'homme pour le calmer ou sur l'épaule osseuse de la femme pour l'assister.

Solange se souvient du terrible silence et combien il a duré. La gorge serrée, elle attendait, debout, ostensiblement présente et pourtant invisible d'eux, que la scène se dénoue.

Elle voyait la poitrine plate de la femme se soulever sous la houle d'un sanglot qui vint finalement se fracasser sur cette phrase déchirante : « Mais Michel, c'est pour toi ! C'est pour toi que je l'ai fait ! »

Solange était si tendue qu'elle a eu du mal à retenir un cri. Après un nouveau silence, Michel a levé son gros bras vers la femme comme pour la frapper mais, contre toute attente, il l'a serrée violemment contre lui.

Solange se souvient du baiser, passionné et obscène, si proche qu'elle a entendu le bizarre petit bruit de succion des bouches mêlées. Puis l'homme et la femme se sont éloignés, enlacés, en titubant comme s'ils étaient ivres. Quant à Solange, elle a dû poser son panier à légumes et s'appuyer contre le mur, les jambes molles…

En repensant à cette rencontre, avec laquelle elle a de quoi moduler, en variant à l'infini les interprétations puisque lui manque la clef essentielle du drame : « ce qu'a bien pu faire la femme qu'elle n'aurait pas dû faire », Solange se demande si tout cela ne lui était pas secrètement destiné, comme une faveur pour son talent particulier à être là sans être là, un talent dont elle découvre aussi la volupté inédite. Voir sans être vu… n'est-ce pas ainsi que l'on peut jouir des choses ? La rue, la ville ne lui appartiennent-elles pas infiniment mieux, maintenant qu'elle se contente de les regarder vivre, discrète jusqu'au délice ?

Cela est vrai d'ailleurs surtout de son propre quartier, qu'elle croyait posséder parce qu'elle s'y comportait jusqu'ici en conquérante. Belle, excentrique, volontiers loquace avec les voisins, les commerçants, elle en faisait son domaine personnel, mais au prix d'efforts continuels dont elle mesure soudain combien ils étaient épuisants.

Maintenant qu'elle ne prétend plus à rien, maintenant qu'elle passe comme une ombre, silencieuse, parmi ces mêmes voisins qui ne la regardent pas, elle est si libre qu'elle se sent invincible. Les commerçants ne la hèlent plus lorsqu'elle passe devant chez eux. Bref, elle vit sa vie, incognito, magnifiquement sereine.

Tout à l'heure, quand même, son marchand de légumes l'a examinée avec une attention prolongée en lui rendant la monnaie. Elle a compris qu'il était sur le point de lui dire qu'elle ressemblait à... ou de lui demander si elle n'était pas parente par hasard avec une certaine... Mais Solange s'est évanouie dans les airs, laissant le marchand la bouche ouverte et si décontenancé qu'elle en rit encore en épluchant les carottes devant la fenêtre, au cas où le vieux monsieur grave apparaîtrait à la sienne.

C'est qu'elle le guette depuis l'après-midi où ils ont assisté ensemble au goûter des enfants. Elle aimerait bien contempler encore avec lui, s'abîmer, comme ils le firent dans le square, près du bac à sable, dans la vacuité. Elle voudrait bien apprendre du vieux monsieur grave comment poser les yeux sur le monde.

Solange épluche la dernière carotte. Derrière la fenêtre d'en face, rien n'a bougé mais la lumière s'est allumée. Il est là. C'est bon signe, elle trouve, que la lumière se soit ainsi allumée, juste à ce moment.

Le téléphone sonne. Solange, de mauvaise grâce, prend le carnet spécial et va ouvrir la porte du salon. C'est Jacques. Elle s'en serait doutée.

Elle écrit « Jacques » sur le carnet et referme la porte derrière laquelle on s'évertue à la convaincre de quelque chose.

En revenant dans la cuisine, Solange

glousse comme une petite fille. Pas l'once d'une méchanceté dans ce rire d'enfant ravie. Elle rit parce qu'elle vient de se rendre compte que Jacques a un rival : c'est un vieux monsieur grave qui sait regarder la vie, simplement parce qu'il est vieux.

Solange se penche vers le miroir. Le cheveu blanc, près de l'oreille, pousse. Il faut dire qu'elle le chouchoute. Elle lui parle, le cajole, tout comme elle cajole les plantes du salon, s'efforçant de les maintenir en vie dans cette pièce de la maison définitivement désertée.

Même si d'autres cheveux blancs l'ont rejoint, non seulement sur les tempes mais aussi dans le jais de la chevelure privée désormais des retouches de teinture, c'est quand même ce cheveu-là qui fait pour elle l'objet d'une tendresse particulière.

D'ailleurs, de la tendresse, elle en a à revendre. Elle en a pour tous les signes d'abandon de son visage et de son corps : ces infimes froissements de la peau qu'elle débusque au matin, les caressant du bout des doigts, les encourageant du regard. Elle en a pour les petites taches brunes jetées comme des fleurs d'ombre, d'étonnantes broderies du temps sur l'étoffe claire de la chair, et dont elle fait le compte, après la soupe du soir, ses deux mains posées à plat sur la table de la cuisine.

Solange sourit au miroir qui lui raconte si bien l'histoire qu'elle veut entendre. Elle sourit à demain déjà là.

Ses cheveux ont vite appris la nouvelle sagesse. Ils s'enroulent d'eux-mêmes maintenant en chignon bas sous les épingles avec cette docilité du chien tendant le cou vers le collier de son maître.

Aujourd'hui, c'est le chemisier noir.

Solange prend son sac sur le Frigidaire et ses chaussures dans le casier à légumes. Elle est très satisfaite des gants de fil dénichés dans le haut de l'armoire de la chambre. Elle ne sortirait plus sans gants. Elle ne détesterait pas acheter un chapeau qui convienne au tailleur gris. Et puis elle a aperçu dans une mercerie qui vend des bas, des sous-vêtements et des tissus d'ameublement, une robe bleu marine en crêpe dont elle a l'impression qu'elle lui appartient déjà.

La boîte aux lettres est presque vide. Une lettre quand même. Solange reconnaît l'écriture de Colette.

Cette lettre, elle la lira. Toutes les autres sont empilées dans le salon, à côté du répondeur, au cas où…

La petite porte métallique lui accorde le grincement et la dune et la mer. Dans le square, seules, deux jeunes filles avec leurs cartables occupent les chaises.

Le sable du bac a été ratissé.

Solange s'installe au milieu du banc, devant les jeunes filles qui se font face dans un mutisme singulier. Immobiles, têtes baissées, on dirait qu'elles sont l'une et l'autre sous le choc d'une terrible nouvelle, une chose qui les aurait anéanties, terrassées.

Solange une fois de plus s'introduit,

s'immisce au cœur même de ce silence lourd, trop lourd pour de si jeunes filles. Elle en prend sa part, comme si d'être dedans même sans savoir, même sans comprendre, pouvait le rendre moins pesant. Les cartables d'écolières constellés d'autocollants ne vont pas avec le tourment mystérieux qui fait ployer ces deux têtes aux boucles encore enfantines sur les cous frêles et blancs.

Grincement de la porte métallique. On vient : une vieille personne avec un animal en laisse. Solange reconnaît la dame au chat roux.

Toujours sans rien dire, les deux jeunes filles se lèvent et s'ébrouent énergiquement, presque violemment, comme pour secouer leur âme d'un fardeau injuste, déloyal, puis se ruent vers la sortie et sautent la barrière métallique en poussant des cris de sauvages.

Solange se souvient de récits de guerre qui ressemblent à cela, quand les soldats hurlants, sortant de leurs tranchées, avec une bravoure qui frôle l'inconscience, se mettent à courir droit sur le feu ennemi.

Une irrésistible compassion s'empare

d'elle, pour les jeunes filles d'abord, pour les humains ensuite, du moins ceux que quelque chose condamne toujours à se battre. Car Solange, précisément, ne se bat plus, pour rien ni pour personne, encore moins pour elle-même. Solange s'est libérée des armes, de toutes les armes, affranchie au moment même où elle a cessé de marcher au pas, où elle a changé de cadence, pesant chaque pression du pied sur le bitume dans un balancement doux... Ce balancement règle sa vie. Il est l'unique mesure à laquelle elle consent parce qu'elle est sans exigence, sans violence, naturelle en somme. Ce métronome secret l'accompagne au cœur du désœuvrement qui comble ses jours et ses nuits.

La vision des jeunes filles en rage, sauvages comme leurs cris, pleines du désir de vaincre, de triompher, en dépit de leur muette souffrance – voire peut-être à cause d'elle –, la renvoie à sa propre histoire hérissée de sauts d'obstacles. De là où elle est aujourd'hui, sur ce banc où rien ne l'oblige à rien, elle les plaint.

Pendant ce temps, la dame au chat roux a

déposé l'animal dans le rectangle de gazon vert. Celui-ci hume un à un chaque brin d'herbe en éternuant. La dame commente les impressions de la bête avec un sens aigu de la psychologie féline. Parfois, le chat tourne vers sa maîtresse de grands yeux jaunes de gratitude.

Entre ces deux-là, pas de guerre, pas d'obstacle, une simple laisse, mais si harmonieusement partagée qu'on se demande qui tient l'autre. Lien d'amour entre un cou d'animal et une vieille main de femme, qui ne blesse ni le cou ni la main, l'attache parfaite en quelque sorte entre deux êtres désarmés, en paix.

La dame s'est assise sur le banc. Le chat roux se roule contre ses pieds, les narines encore frémissantes du cadeau de verdure. Ils se chauffent au soleil. Quatre yeux clos sur la béatitude.

Solange absorbe avec délectation cette quiétude douillette et tiède. Entre ses cils irisés, elle suit les rayures régulières du sable blond passé au râteau. Ils l'emmènent, loin en arrière, autour de la table de la salle à manger familiale, les jours de purée, quand elle dessinait à la fourchette des sillons dans la pomme de terre, avant l'arrivée en cataclysme de la sauce sombre du rôti qui éclaboussait tout malgré le puits creusé à son effet au milieu du paysage immaculé. Chaque fois Solange était consternée. Chaque fois sa mère s'excusait. Puis tout s'arrangeait grâce à la saveur incomparable de l'heureux amalgame et la perspective de recommencer avec une assiette propre où elle redessinerait le même paysage, les mêmes sillons impeccables dans la purée claire…

Solange sursaute : le chat roux a bondi sur ses genoux.

« On dirait que Carotte vous aime. »

La vieille femme a dit cela de la même voix chantante qu'elle a pour l'animal. Le chat tourne plusieurs fois sur lui-même comme s'il creusait un nid dans le coussin des genoux, puis se love, la tête sur le ventre de Solange.

« C'est aussi votre jupe. Le lainage est sa matière préférée. »

Solange pose ses mains sur la bouillotte de poils. Les petites taches brunes, les fleurs d'ombre brodées du temps sont du plus bel effet sur le pelage fauve de Carotte. A nouveau elle les compte. La voix chantante commence sa litanie. Solange écoute. Elle interroge aussi quand la mélodie faiblit.

Elle apprend ainsi que la dame au chat roux est du quartier. Elle y est née. Elle s'y est mariée. Elle y mourra. Depuis que Fernand l'a laissée, six ans auparavant, « six ans déjà, Carotte, tu te rends compte ! ». Elle a préféré renoncer à son appartement trop grand, trop vide, et emménager avec le plus précieux de ses meubles à la maison de retraite du « Bon Repos ». Elle s'y sent moins seule. Mais cela ne l'empêche pas, de temps en temps, de se rendre au square, pour changer. C'est son square à Carotte. C'est leur square à tous les deux au fond, « pas vrai Carotte ? ». Évidemment « Carotte », un drôle de nom pour un chat – elle lui aurait préféré pour sa part un nom d'empereur : César ou Néron – mais c'est ainsi que la fille de la directrice du « Bon Repos », la petite Émilie, l'a surnommé, alors…

Au « Bon Repos » oui, oui, la vie est agréable. Le jardin est joliment arrangé. Cette année, les bégonias sont magnifiques. Il est vrai que Lucien – Lucien, c'est le jardinier –, Lucien s'est surpassé. Quant à Madame Choiseul – Madame Choiseul, c'est la directrice –, Madame Choiseul est bien aimable. Chaque dernier jeudi du mois, il y a leur goûter-concert avec des biscottes beurrées et du chocolat tiède. Avec Carotte, pour rien au monde ils ne rateraient le goûter-concert : « N'est-ce pas Carotte ? » La grande musique, c'est quelque chose. Chopin surtout. C'est Chopin, oui, oui, leur préféré.

« Madame Choiseul ? Elle reçoit le matin. On peut prendre rendez-vous. C'est pour quelqu'un de votre famille ? Enfin, il suffit de téléphoner. Si vous voulez, je peux vous montrer ma chambre. Elle donne sur le jardin, juste là où Lucien a planté les bégonias. Tout le monde veut y venir au “Bon repos”. »

Solange sent le museau humide contre son ventre, la voix chantante contre son oreille. Les bégonias de Lucien, la petite Émilie, le Chopin-chocolat tiède-biscottes beurrées font un oreiller moelleux.

Sur le banc du square, un chat et deux femmes rêvent au « Bon Repos ».

L'une des femmes est une vieille femme.

Difficile de dire qui, des trois, ronronne le plus fort.

La biscotte crisse, laisse croire qu'elle résiste, puis, comme si elle renonçait à elle-même, fond d'un coup sous la molle étreinte des lèvres mouillées.

Cette embrassade intime correspond à l'exact effort que Solange consent à mettre dans son existence. Elle aime le crissement et l'abandon pacifique de la biscotte. Avec le pain, il fallait mordre, vaincre une résistance.

Elle ne veut plus mordre dans du pain. Elle ne veut plus mordre tout court. Grignoter, c'est sa nouvelle façon de consommer les choses, la vie, sans exploit, sans performance.

Et puis les biscottes beurrées du matin ont

un autre avantage. Elles ont cette vertu d'aider au vagabondage, aux rêveries. Car, le matin, Solange ne se tyrannise plus, elle ne se livre plus à ses ablutions mentales armée des chiffons de la conscience. Elle se promène mentalement, elle maraude avec un goût particulier pour l'enfance qui affleure de plus en plus sous la forme d'évocations si délicieuses qu'elle les savoure inlassablement, émue, éblouie.

Au lit, le plateau du petit déjeuner sur ses genoux, enfouie dans une profusion de châles, de lainages, d'édredons, car elle est devenue frileuse, elle parcourt les sentiers de la mémoire. Dans l'humus du passé, la chaleur fait pousser les souvenirs comme des champignons qui se laissent cueillir sans effort.

La biscotte crisse. Elle devient le sable qui égrène le temps parfumé à la confiture ou au miel parmi les vapeurs de thé.

Aujourd'hui, Solange a ajouté au plateau trois lettres de Colette qu'elle n'avait pas encore ouvertes. Elle lui doit bien cela, à l'amie.

Lues attentivement, dans l'ordre de leur arrivée, les lettres donnent une claire idée du désarroi de leur auteur. Colette passe successivement de l'adjuration à l'exaspération puis à l'affliction. Le désarroi est sincère. L'amie souffre, visiblement, de ne pas comprendre. Mais comprendrait-elle ? Entendrait-elle ce que Solange elle-même ne s'explique pas ? Comment dire le balancement doux, la nouvelle cadence ?

Solange se lève, enfile ses chaussons, sa robe de chambre et emporte le plateau avec les trois lettres dans la cuisine, toute pensive.

Il est onze heures, et le soleil déjà haut. Les plantes du salon ont droit à leur ration de lumière comme Colette a droit à sa réponse, se dit Solange en ouvrant les volets qui donnent sur la cour.

Solange réfléchit, debout devant le secrétaire couvert d'une fine couche de poussière qui brille dans la lumière. En haut, à gauche, sur la dernière étagère, l'album est toujours à sa place. L'album de photos appartient à Delphine. Elle l'a inauguré le jour de ses treize ans. Solange s'en souvient parce que ce jour-là l'anniversaire s'était achevé en drame. Pour la première fois de sa vie d'enfant heureuse, Delphine avait vu ses parents se déchirer. La première tromperie du père. La première jalousie de la mère. Delphine s'était enfermée dans sa chambre avec l'album à peine défait de son papier cadeau. Les photos de l'enfance, Delphine avait dû les coller ensuite dans le livre comme pour conjurer le sort, fixer, à tout jamais, les images d'un bonheur à présent menacé.

Solange feuillette l'album avec la succession des petites Delphine toutes souriantes. L'album s'arrête au sourire des treize ans. Après, plus rien. Plus d'images. Elle s'apprête à refermer le livre lorsque son regard s'arrête sur la dernière page : une photo isolée y figure tel un point d'orgue à cette histoire inachevée. Il s'agit de la grand-mère de Delphine photographiée peu de mois avant sa mort. La mère de Solange. Elle porte… Oui, c'est bien cela, elle porte le tailleur gris…

Solange passe un doigt songeur sur la poussière du secrétaire.

« Vous avez de la chance... Deux chambres viennent de se libérer en même temps. Elles seront disponibles dès la semaine prochaine. L'une d'elles est meublée si cela vous intéresse. Ici, voyez-vous, avec nos pensionnaires, la situation peut changer du jour au lendemain. »

Madame Choiseul est sans ironie. Elle parle avec une franche sympathie mais aussi le réalisme d'une gestionnaire qui aime que les choses tournent. Solange sourit d'un air entendu. Elle écoute patiemment les explications de la directrice du « Bon Repos », en acquiesçant à tout.

Madame Choiseul sort un formulaire : « Il s'agit donc de… ? »

Solange, qui s'était pourtant préparée à cette question, a un instant de trouble. Elle baisse les yeux. Ses mains gantées triturent les plis de la jupe grise. Elle revoit la photo de sa mère dans l'album de Delphine.

« C'est… pour ma mère… », finit-elle par répondre.

Malgré tout, ce mensonge prémédité ne lui fait pas l'effet d'une véritable fourberie, comme s'il y avait du vrai dans la fabulation, peut-être tout simplement à cause du tailleur, le tailleur gris.

Un peu plus tard, lorsqu'elle quitte le bureau de Madame Choiseul, parfaitement en règle avec l'administration puisque exceptionnellement on veut bien que la fille dispose de la chambre quelques heures par semaine, en attendant l'arrivée de la mère, Solange a retrouvé sa joyeuse sérénité et son premier geste est d'aller au jardin pour voir si les bégonias de Lucien sont aussi magnifiques que l'affirmait la dame au chat roux. Ils le sont.

La maison est d'un beau style ancien. C'est elle qui veille sur la paix du lieu. Solange fait le tour du propriétaire en admirant la netteté des allées de gravillons, le parfait alignement des chaises le long d'un parterre de gazon tiré au cordeau. Au fond, près d'une véranda dont les fenêtres à glissière ont été largement ouvertes au soleil, quelques chaises longues en rotin ont été disposées en arc de cercle sous un marronnier. Solange mentalement choisit la sienne puis elle quitte le « Bon Repos » avec le sentiment délicieux d'y être attendue, pas seulement depuis que Madame Choiseul a écrit son nom, son nom de jeune fille soudain exhumé de l'enfance, sur le registre, mais depuis longtemps, depuis toujours.

Devant la porte cochère, une petite fille blonde regarde passer les voitures en suçant du réglisse. Solange la salue. Celle qui ne peut être que la petite Émilie l'attend aussi…

C'est le moment d'acheter la robe en crêpe marine qui lui appartient déjà…

« On dirait qu'elle a été faite pour vous ! »

La commerçante noue la ceinture sur la taille.

« Une occasion exceptionnelle... On ne trouve plus, de nos jours, de crêpe de cette qualité. Il suffit de la raccourcir afin de la rajeunir et...

– La longueur est parfaite. Il n'y a rien à toucher. D'ailleurs, je la garde sur moi ! »

La détermination de l'acheteuse surprend, apparemment, mais la surprise d'autrui n'est plus le souci majeur de Solange occupée à une seule et unique tâche, celle de suivre son inclination, mais sans ces cas de conscience d'autrefois qui la mettaient à la torture pour les moindres décisions de la vie quotidienne. Ce que Solange voit de Solange dans le miroir est convaincant. C'est bien la robe qu'elle était venue chercher. C'est si vrai qu'elle se sourit à elle-même, la tête un peu inclinée comme pour savourer déjà le froufrou régulier du crêpe contre les bas de coton clair.

En rentrant à la maison, plus effacée que

jamais au milieu de la fureur de la ville, Solange s'écoute bruire. Le froufrou, l'imperceptible froissement du tissu sur les choses, elle l'a, enfin. Après les cottes de mailles, les armures et les oriflammes, après les anciens harnachements de séduisante guerrière, la vaporeuse légèreté du crêpe marine la fait flotter.

Ainsi elle parvient jusqu'à sa maison. Au moment de se glisser dans l'embrasure de la porte cochère, elle lève les yeux sur la maison d'en face. Il est à son poste, debout, à la fenêtre. Solange ne regrette pas son achat.

Lui non plus puisqu'il lève la main avant de disparaître dans l'ombre.

De la chambre elle a rapporté deux oreillers, un châle et l'édredon à fleurs. Elle a transformé en lit le divan froid du salon, allumé la lampe du secrétaire. Le calepin avec la longue liste des appels, un crayon à la main, elle est prête. C'est jour de courage. C'est soir de concession.

Commence la succession des monologues d'un théâtre vocal à la fois familier et abstrait. Le répondeur dévide ses messages comme autant de reproches car un répondeur veut que l'on réponde et elle n'a pas répondu. Sur la machine à suppliques, ils sont donc là, à proposer puis à s'étonner, à tempêter, à supputer, à s'inquiéter, chauffés à blanc par l'épreuve du silence que Solange leur impose depuis des semaines.

Elle, elle les écoute comme elle écouterait les informations, des informations un peu particulières puisqu'elles la touchent – ou devraient la toucher – de près, de très près.

Chaque voix fait surgir des morceaux, des strates d'elle-même qui l'obligent à un effort. C'est comme si sa mémoire avait explosé en milliers d'éclats aux arêtes tranchantes, inhospitalières. Les visages que brandissent les voix la font plonger en apnée, à bout de souffle dans le souvenir, et rappellent à Solange ce qu'elle était tout en lui signifiant ce qu'elle n'est plus. Le nombre des semaines ne compte pas. Ce ne sont pas elles qui sont déterminantes. Le monde d'où viennent ces voix est tout simplement d'une autre nature, audible certes, mais irrecevable. Ce n'est pas du passé, du révolu. C'est de l'ailleurs, de l'autrement.

Et puis, là encore, tout est affaire de tempo, de cadence. Il y a tant d'exaltation, tant de revendication dans le ton de toutes ces voix chargées d'impératif. L'oreille que le froufrou d'un crêpe a touchée peut-elle soutenir le rythme, l'intensité d'une telle énergie ? En commun, les voix ont une détermination, une fougue qui stupéfient Solange. Toutes parlent de quelque chose à faire, de projets à réaliser « sans attendre », « à tout prix ». Cette compulsion, cette frénésie sont déconcertantes. D'ailleurs, que penseraient-elles, les voix, si elles savaient que le seul projet immédiat de Solange, maintenant que le souhait de la robe en crêpe marine a été exaucé, est de mitonner une soupe aux lentilles agrémentée d'une queue de bœuf et le seul et unique programme des jours à venir, de se familiariser avec la chambre vingt-cinq du « Bon Repos », la chambre meublée qui donne sur les bégonias plantés par Lucien ? Un luxe, d'ailleurs que cette chambre vingt-cinq, puisque Solange se trouve très bien dans sa propre maison, un luxe qui lui permettrait, de temps en temps, de partager, avec d'autres, l'inépuisable délice du vide, en suspension dans cette bulle, en marge, à l'écart du monde et de son bruit.

Parmi les messages, beaucoup de propositions, en enfilade, des divertissements en tout genre : un déjeuner « en filles » avec Gisèle, une virée des soldes avec Corinne, un rendez-vous au *Max-Linder* pour un film-surprise à la séance de vingt heures, « ce soir, sans faute », avec Philippe, l'exposition d'émaux rue Bonaparte avec Charles, l'anniversaire de mariage des Burnier, le petit tête-à-tête « en tout bien tout honneur » avec Marc, une deuxième virée des soldes, mais avec Geneviève, la nouvelle mise en scène, « incontournable », d'un auteur dont elle ne retient pas le nom, avec Paul. « Incontournable », un mot qu'elle déteste et pourtant qu'elle employait elle aussi, le terme de l'injonction par excellence, le mot du garde-à-vous, du portez-arme, venu d'on ne sait quel ordre suprême et consensuel. Des « Que fais-tu cet été ma chérie ? », les week-ends à la mer pour l'Ascension, à la montagne pour Pentecôte ou inversement. Toutes ces invitations auxquelles Solange n'aurait certainement pas osé (ni même imaginé) se soustraire, par habitude, par réflexe, pour soutenir le rythme, voilà que l'idée qu'elle y aurait forcément succombé l'épuise rétrospectivement.

Frileusement, elle ramène contre elle le châle, s'enfonce dans les oreillers. Mais au milieu de toute cette bousculade, elle doit dire que Jacques, Jacques dont la voix s'altère de message en message, la désarme considérablement. Par lui, elle mesure la distance entre elle et elle. C'est qu'il ne parvient pas à l'émouvoir. Ses implorations, ses menaces la laissent étonnamment froide. Jacques n'a pas plus de saveur que le champagne avec lequel il a un soir forcé sa porte. Il a cessé de pétiller. C'est dommage pour lui, un peu injuste évidemment, elle le reconnaît, mais la voix de Jacques sur le répondeur s'associe pour Solange au petit goût de brûlé qui gâcha une certaine soupe. Jacques sent le brûlé. Il est brûlé. Fatalement. Est-ce parce qu'il était de ses amants le plus assidu et le plus doué ? Quoi qu'il en soit, la lassitude qu'elle éprouve maintenant à l'écouter est extrême, indéniable.

Au dix-huitième appel de l'amant, espacé

heureusement par quelques sollicitations plus distrayantes, Solange décide pour Jacques d'une lettre qui désamorcera définitivement ses assauts tout en ménageant son honneur d'homme – auquel elle ne veut point de mal –, une lettre assez semblable à celle envoyée à Colette, l'amie en berne qui se morfond dans l'ailleurs et l'autrement. Pour les autres, elle décide un courrier type où elle signalera son départ pour un long voyage, car il lui semble peu souhaitable de multiplier ces séances de répondeur dont elle se rend compte qu'elles perturbent forcément un équilibre sonore encore fragile, celui du froissement du crêpe contre les bas de coton...

Solange titube de fatigue en quittant le salon, son édredon et ses oreillers dans les bras, assez affectée par ce harcèlement, plus odieux que gratifiant finalement puisqu'elle n'en retient aujourd'hui que la servitude, l'assujettissement. Elle a besoin de la quiétude de sa chambre où planent en permanence les senteurs confondues d'eau de

Cologne et de verveine, besoin aussi d'une musique qui apaise les oreilles survoltées par la stridence des sons. Une chance : la radio lui offre un nocturne de Chopin où elle n'a plus qu'à se laisser couler avec l'idée réconfortante qu'elle l'entendra peut-être bientôt, au « Bon Repos », en compagnie de la dame au chat roux, en laissant fondre dans sa bouche un biscuit ou une biscotte trempée dans du chocolat.

Cette nuit encore, la dame en bleu viendra la visiter. Le rêve est toujours le même : la dame en bleu et Solange trottinent ensemble au milieu de la foule mais surtout elles devisent. Elles parlent avec une telle confiance, une telle connivence que si l'une commence une phrase, l'autre la termine. Leurs cœurs battent d'un seul mouvement. A certains moments, leurs visages aussi se confondent, s'intervertissent ainsi que les mots qui passent de l'une à l'autre sans accroc.

Elles racontent le balancement doux, la nouvelle cadence. Il leur arrive de se donner la main et leurs gants de filet crissent l'un contre l'autre avec un charmant bruit, le bruit du sable frotté entre deux paumes et qui distille le temps grain après grain, comme la biscotte du matin.

En général, c'est le crissement qui réveille Solange. Alors elle se lève et s'assoit sur le vase de nuit. Elle fait durer le pipi qui résonne sur l'émail, les yeux fermés afin de sauvegarder le sommeil, le tenir au chaud dans les vapeurs d'urine tiède, puis elle se recouche, déjà à moitié endormie, contente, si contente de son pot de chambre, objet depuis peu familier de sa nuit, de toutes ses nuits, qu'elle se reproche d'avoir redécouvert si tard après l'avoir connu si tôt, puisque lui aussi participe maintenant de la volupté qui consiste à ne pas se brusquer comme elle le faisait autrefois, s'arrachant au sommeil, se cognant aux meubles pour gagner la salle de bains où, définitivement réveillée, elle s'effrayait déjà de la journée du lendemain – la grosse artillerie, le journal de vingt heures avec le réalisateur, la couverture de *Paris Match* pour la vedette et le nombre d'entrées, surtout le nombre d'entrées – manière la plus sûre de ne pas se rendormir.

Mais aujourd'hui, merveille, demain ne fait plus peur...

Au « Bon Repos », Solange s'initie au bonheur des siestes. Une ou deux après-midi par semaine, dans sa chaise longue en rotin ou bien enveloppée du couvre-lit de la chambre vingt-cinq, bercée par le pépiement des oiseaux en conciliabules dans le marronnier, elle s'endort mains jointes, livre ouvert sur les genoux. Cette facilité toute nouvelle de céder au sommeil l'enchante car parmi toutes les batailles menées, elle se souvient que c'est de haute lutte qu'elle arrachait le droit au sommeil. Généralement, il fallait beaucoup de ruses, de stratagèmes pour que la nuit capitule après une résistance où Solange s'immolait, exténuée, dans les premières lueurs de l'aube.

Aujourd'hui, les béatitudes du sommeil lui sont offertes sans même avoir à livrer combat et pas seulement le soir mais à tout moment du jour, pour peu qu'elle le désire.

Aussitôt qu'elle ferme les yeux, parce que aucune image parasite n'en vient troubler le cours, sa pensée, allégée, délestée du poids de la tourmente générale, vacille tout naturellement vers un point de gravité immatérielle où le corps la rejoint. Une paresse organique s'empare de tout, vie et matière confondues, et le sommeil l'englue dans une coulée de mélasse tiède. Un léger coup de talon et hop, elle remonte la coulée, s'éveillant sans la moindre alarme, dispose.

« Nous aurons une harpiste au prochain concert. »

Solange lève les paupières… Le chat roux enroulé autour du cou ressemble à une grande écharpe de fourrure.

« Carotte et moi aimons beaucoup la harpe. »

Solange se redresse dans son fauteuil, tout aise car la litanie commence : d'abord ce sera la harpe puis autre chose et autre chose encore. La litanie, comme le sommeil, n'exige pas d'effort. Il suffit de se laisser porter par l'emperlage des phrases.

La dame au chat roux sait user avec art des lieux communs. Rien de ce qu'elle observe n'a de conséquence. D'aucuns éprouveraient peut-être à l'entendre l'ennui et aussitôt l'agacement. Solange, au contraire, retire un confortable sentiment de plénitude à découvrir ainsi l'absence parfaite d'incidence des propos tenus. On sent bien que la dame au chat roux ne parle pas pour obtenir quelque chose de ses paroles. L'assentiment de l'autre n'est pas nécessaire. Elle parle pour parler, pour le plaisir des mots qui s'enfilent ou plutôt qui s'emmaillent. Un nom à l'endroit, un verbe à l'envers. Au tricot des phrases ne manque que le cliquetis des aiguilles. Son bavardage récréatif fascine Solange qui se sait encore suspecte, pour ce qui est des mots, d'un regrettable esprit de sérieux. La dame au chat roux ignore qu'elle enseigne à Solange la forme du langage la plus princière : celle qui consiste à parler pour ne rien dire.

Solange s'y exerce elle-même chaque jour davantage. Il lui arrive, à elle aussi, de se laisser aller à des litanies que la dame au chat roux écoute, l'air absent mais avec la bienveillance de quelqu'un qui connaît l'insignifiance du discours.

C'est d'ailleurs en développant l'art de la litanie que Solange a découvert, tout à fait par hasard, le secret du radotage.

Différent de la litanie qui suppose l'énumération, le radotage lui permet de revenir indéfiniment sur une même pensée, le plus distrayant étant de parvenir à l'exprimer invariablement avec les mêmes mots. C'est assez reposant à la fin. Depuis qu'elle réussit dans cette petite gymnastique intellectuelle, Solange développe aussi l'art des sentences, ce qui lui permet à la longue de s'abstraire de ses propres paroles avec le double avantage de l'économie d'énergie et de la disponibilité.

Le radotage peut aussi se faire avec soi-même et Solange ne s'en prive pas pendant qu'elle dessine ses graminées ou qu'elle contemple la rue de la fenêtre de sa cuisine, derrière le rideau de cretonne…

Bref, la dame au chat roux a tricoté deux rangs de harpe, deux de bégonias et cinq rangs de petite Émilie « qui travaille si bien à l'école de la rue Blanche, la meilleure école communale du quartier ». Le tricot avance à grands pas sur l'éducation et la crise de la vocation chez les instituteurs. Solange admire, une fois de plus, la virtuosité de sa compagne à l'insignifiance. Elle apprend.

« Votre maman arrive bientôt ? » demande la dame au chat roux, pour faire une pause car la litanie a besoin parfois d'une question, souvent formelle, qui relance la machine, permette de reprendre souffle. Solange en profite pour se lancer à son tour dans son tricot à elle, tricot de laine fictive, aux couleurs d'invention. Oui, oui, sa mère viendra, mais plus tard… Elle lui prépare la place en quelque sorte… Madame Choiseul n'y voit pas d'inconvénient du moment que la comptabilité est en ordre… Quand on aime sa mère, il est normal de s'assurer que le lieu choisi pour sa retraite soit décent, accueillant, digne d'une fin de vie bien remplie, exemplaire... Oui, oui sa mère est encore en voyage... Elle se plaira certainement dans la chambre vingt-cinq si joliment meublée, sans compter le goût avec lequel ont été pensés les rideaux, les doubles rideaux, le couvre-lit dans lequel elle aime tant s'envelopper pour la sieste, la fenêtre grande ouverte sur le pépiement des oiseaux...

La dame au chat roux hoche la tête mais n'écoute plus. Elle surveille la laisse de l'animal qui frotte ses flancs voluptueux contre le pied du fauteuil en rotin. Solange converse dans le vide sans trop s'inquiéter de ce qu'elle raconte, bercée par son propre babil qui n'intéresse personne, pas même elle. Cela aussi est reposant.

Parfois, c'est la petite Émilie qui vient bavarder avec Solange. Là, c'est autre chose qu'avec la dame au chat roux. La perspicacité de l'enfant oblige à la vigilance. Avec elle les mots sont chargés de sens, pour ne pas dire surchargés. Il faut répondre droit et clair, ce qui n'est pas toujours aisé, particulièrement lorsque la petite Émilie interroge Solange sur son âge ou ce genre de choses. Au début, Solange s'en est tirée par des plaisanteries qui ont bientôt lassé l'enfant. Maintenant, quand les questions la dérangent, Solange fait semblant de ne pas entendre. La petite Émilie a fini par s'incliner devant cette infirmité qui, au « Bon Repos », exige le respect, mais on sent bien qu'elle n'est pas convaincue. A part cela, c'est une enfant délicieuse à laquelle Solange s'intéresse autrement mieux qu'elle ne s'intéressa à sa propre fille au même âge. Elles dessinent ensemble les graminées des Indiens d'Amérique du Sud et se font réciter mutuellement les leçons de géographie inscrites au programme du cours élémentaire de la rue Blanche, la meilleure école communale du quartier.

Solange tourne la tête. Autour d'elle, sous le marronnier plein de gazouillis, on ne s'inquiète de rien, ni de ce qui se dit, ni de ce qui se passe, même quand une infirmière en blouse blanche chargée de médicaments et de recommandations, avec un entrain assez inconvenant, vient bousculer l'ordre des choses.

Les vieux pensionnaires, que Solange considère de plus en plus comme sa famille, ont une façon particulière eux aussi d'être là sans y être. Ils participent, mais à distance, comme si les choses leur parvenaient au travers d'une ouate qui amortit les mouvements et les bruits. En dépit des misères de l'âge, que Solange elle-même n'éprouve pas encore mais dont elle sait qu'elles viendront, la sérénité l'emporte sur leurs traits graves et usés. Une quiétude les habite, celle d'une attente consentie où la mort, loin d'effrayer, tranquillise, plus complice qu'ennemie.

Parfois, Solange se perd dans la contemplation d'un visage ou d'une main. Elle y déchiffre les tourments de toute une vie de lutte. Elle y devine les mille entailles anciennes de piques, de flèches et même de poignards. Mais les plaies sont refermées. Elles ne saignent plus. La peau a ce chatoiement, cette luminosité de certains parchemins rares.

Les pensionnaires du « Bon Repos » cicatrisent en paix des blessures du passé.

Bien sûr, le passé de Solange n'a pas acquis encore la patine d'un parchemin. Il est bien trop proche encore pour en mériter le lustre, mais il est du passé quand même. Il appartient au révolu, de cela elle est certaine, tellement qu'elle aussi éprouve le présent comme un présent, une grâce, la grâce du recueillement.

La lenteur fait désormais partie du corps de Solange. Cela est vrai de sa démarche : le petit pas continue d'être son unité de mesure, mais aussi de ses gestes, comme si elle prenait conscience du poids des choses. Le bras qu'elle tend a un poids, la jambe qu'elle fléchit a un poids. Tout a un poids. Ce n'est pas pour autant que ce soit pénible d'ailleurs. C'est une autre manière de vivre avec le pondérable. D'elles-mêmes, les épaules, où la vie pose volontiers son fardeau de questionnement et d'inquiétude, se sont légèrement voûtées pour mieux en recevoir la charge, une charge infiniment allégée, d'ailleurs, du fait du vide de son existence.

Or donc, Solange savoure la lenteur calculée de ses mouvements et la densité qui va avec. Elle trouve même que cette lenteur donne une légitimité à ses actes, réduits à leur minimum. Elle se dit par exemple que le temps passé à mouliner les légumes, carotte après navet, poireau après pomme de terre, se justifie par le goût et la consistance inégalables de ses soupes. Elle se dit que si les bégonias de Lucien sont de plus en plus somptueux, c'est aussi parce que, des heures durant, appuyée à la rambarde de la chambre vingt-cinq, elle les regarde pousser, s'épanouir. A ce propos, lorsqu'elle participe ainsi, en étirant le temps, à l'apothéose des bégonias, elle ne peut s'empêcher de penser à Delphine, sa plante de fille, grandie si vite et dans un tel tourbillon que Solange se demande maintenant où et quand elle participa à sa croissance. S'est-elle jamais arrêtée pour voir croître son propre enfant ? Il aurait fallu pour cela qu'elle-même mette pied à terre ou simplement qu'elle freine sa propre allure et tourne la tête de côté, au risque de perdre sa belle avance, de voir baisser sa moyenne, celle de la réussite, au travail, en amour, partout.

Mais pour Solange, il n'y a pas que la lenteur, la densité, il y a, encore une fois, la sensation de plénitude à se retrouver sans désir, sans besoin, la griserie de n'être troublée par rien, par personne – pas même elle, lorsque dans son lit, par exemple, elle promène une main abstraite sur son ventre ou sur ses seins parfaitement assoupis – et cet inégalable sentiment d'un corps bouclé sur lui-même à qui n'est demandé ni prouesse ni performance. Sa nudité ne réveille aucune image troublante. Elle se contente de l'apprécier comme elle le ferait, dans un ouvrage médical, d'une planche d'anatomie. C'est la première fois de sa vie qu'elle a enfin le loisir de s'apprécier objectivement, admirant l'agencement de la chair sur le squelette, le rouage d'une articulation, l'attache d'un muscle, intéressée à l'idée que tout cela va se transformer, s'user sous ses yeux.

D'elle, elle n'exige plus rien que de se regarder vivre telle qu'elle est maintenant.

Dans le miroir de la salle de bains, lorsqu'elle fixe le chignon au bas de sa nuque, elle ne se pose plus de questions, ne s'impatiente plus. Elle a cessé de surveiller la lente poussée des cheveux blancs. A croire qu'elle se regarde autrement, sans se voir vraiment, ou alors ce qu'elle voit lui va très bien comme ça. Que Lucien plante un nouveau bégonia lui importerait davantage qu'un plissement nouveau du cou ou du coin de la lèvre. Elle ne fait plus le compte des fleurs brunes sur le dos de ses mains. Solange désapprend l'apparence. C'est sa dernière trouvaille, sa nouvelle liberté.

Qui aurait pu imaginer qu'un jour elle savourerait de n'être plus regardée spécialement par les hommes dont le verdict, elle s'en rend compte, a préoccupé les plus belles années de sa vie ? Les hommes et leurs yeux, elle les croise maintenant sans danger. Ils glissent sur elle comme la caresse d'une brise légère, généreuse. Les hommes et leurs yeux ne revendiquent rien, ni de la conquérir, ni d'être conquis. Bref, ils la laissent en paix. Ils la laissent vivre, enfin.

Mais ce n'est pas pour autant qu'elle reste insensible au manège de la séduction qui continue de battre son plein autour d'elle. Il lui arrive de rester longtemps assise sur le banc d'une avenue pour admirer les joutes inlassables auxquelles se livrent les autres au travers des regards.

La constance des hommes l'émerveille. L'astuce des femmes l'ébahit. Elle pense à toute l'énergie qu'elle-même a dépensée à ce jeu-là. Et bien sûr, toute sa tendresse et sa compassion vont de nouveau aux très jeunes filles qu'elle voit entrer dans les délices du paraître sans se douter de son astreinte.

Être débarrassée des tracas de l'habillement au moment de sortir pour une promenade au square, ou ailleurs, s'inscrit sur le registre bien rempli maintenant de son insouciance. Elle ne passe plus ces heures d'angoisse à s'interroger devant son armoire grande ouverte, en se demandant au moment de sortir si les Burnier ne l'aurait pas déjà vue par hasard dans cet ensemble rouge à un dîner précédent, ou si Gisèle n'aurait pas eu la très mauvaise idée d'acheter dans le même magasin la même veste, en solde et en douce. Sans compter les amants, la redoutable exigence des amants, de Jacques, mon dieu Jacques, qu'il fallait surprendre à chaque rencontre par quelque colifichet original ou quelque dentelle nouvelle nécessaires, disait-il, à la bonne marche de son inspiration érotique !

En un mot, quand l'air fraîchit elle met le tailleur gris avec les bas épais de nylon, s'il se réchauffe, la robe en crêpe marine avec les bas de coton.

Ces tenues, point trop ajustées, contrairement à ses anciens habits que le moindre excès de table transformait en instrument de torture, lui font découvrir aussi les vertus du confort, un confort essentiellement fondé sur une sorte de laisser-aller soigné et, ma foi, même assez élégant avec chapeaux et gants de fil assortis.

Solange ne s'inquiète plus ni de son poids, ni du grain de sa peau. Elle a d'ailleurs donné son pèse-personne à Delphine avant son départ pour l'Espagne. Elle trouve on ne peut plus accommodant ce rien de mollesse qui a envahi ses muscles, sa chair.

N'exigeant rien d'autre du corps que ce qui est nécessaire à son fonctionnement, lequel n'a d'ailleurs jamais été aussi parfait, elle ne se violente plus.

Sa nouvelle trouvaille, sa nouvelle liberté.

Quand la nature lui fait la grâce d'une défection visible et objective du corps, elle l'accueille avec reconnaissance. Le mois dernier, l'acquisition de la première paire de lunettes lui a procuré une émotion à peu près identique à celle éprouvée devant ses premiers bas de soie le jour de ses quinze ans. Elle s'en sert depuis avec zèle, les chaussant et les retirant à tout propos pour le simple plaisir de les savoir là.

Depuis quelques jours, elle a l'impression d'entendre moins bien. Elle fait souvent répéter ses rares interlocuteurs, particulièrement au « Bon Repos » où tendre l'oreille contribue à la politesse, la civilité et même au protocole car faire répéter prouve aussi l'intérêt particulier que l'on porte à l'autre. Elle prend donc à son tour cette habitude, non dépourvue de grâce, de se pencher, d'incliner sa tête vers la bouche qui parle, avec tout ce que cette inclination comporte de prévenance. Quant à ses paroles à elle, solennisées, magnifiées par la solitude de sa maison, elle leur donne enfin, elle s'en rend compte, la place qui leur revient.

C'est que le radotage ne convient pas à toutes les situations. Il faut parfois trouver des mots nouveaux, accoucher d'inédit.

Discourir tout haut avec soi, raffinant dans l'art du discours, déclinant toutes les figures possibles de la rhétorique, l'occupe beaucoup. Ainsi disserte-t-elle toujours sur l'énigme de Michel, l'homme au gros bras humide, et de sa maigrichonne de femme. Qu'a-t-elle bien pu faire qu'elle n'aurait pas dû faire, cette femme, et pour lui, qui plus est ? Après moult interprétations, Solange se prononcerait plutôt pour deux fautes d'une égale gravité : celle d'avoir coupé ses cheveux ou celle de n'avoir pas gardé l'enfant, encore que la violence obscène du baiser puisse laisser soupçonner derrière tout cela quelque sombre forfaiture sexuelle...

A parler ainsi à haute voix, seule, les mots aussi prennent un poids, une densité différente, particulièrement dans la cuisine devenue à la fois son salon, son bureau, sa salle à manger et sa tour de guet.

De la tour – c'est-à-dire de l'encoignure de la fenêtre –, elle approfondit toujours son observation. Elle en sait maintenant plus sur l'humanité qu'après cinquante-deux années de tumultueuses et ardentes grandes manœuvres. Hors de la mêlée, elle distingue enfin clairement les combattants en plein branle-bas et bien sûr, encore une fois, elle les prend en pitié.

Quand le vieux monsieur grave est à la fenêtre, de l'autre côté de la rue, le bonheur est à son comble. Ensemble, sans un mot, ils partagent le spectacle et sans un mot ils sont toujours d'accord. Le silence de leur regard commun devient tout aussi rituel que les paroles solitaires qu'énonce Solange en épluchant ses haricots verts ou en repassant son chemisier...

Le hasard voulut qu'un dimanche, en

regardant par la fenêtre pour vérifier au moment de sortir qu'aucune pluie ne tracassait le ciel, elle aperçoive, plantés sur le trottoir d'en face, Jacques et Colette, les yeux obstinément fixés sur sa maison.

Elle n'est pas près d'oublier le sursaut terrifié de son cœur. Ils la poursuivaient ! Ensemble ! Jusqu'ici ! Elle leur avait pourtant écrit, à chacun d'eux, une lettre où, au nom respectif de l'amour et de l'amitié, elle réclamait son indépendance, sans concession il est vrai, ni pour l'amour ni pour l'amitié. Il lui semblait pourtant avoir été suffisamment convaincante, persuasive sur sa seule exigence : celle d'une abdication quiète qui rendrait impossible, pour un « certain temps » avait-elle précisé (avec l'idée secrète que le certain temps se prolongerait indéfiniment), les relations anciennes.

Alors que faisaient-ils à conspirer sous sa fenêtre ? Quel complot ourdissaient-ils contre elle, le visage buté et anxieux ? Sans doute l'avaient-ils aperçue avant qu'elle ne se jette en arrière, car, ayant pris soin de se retirer légèrement derrière le rideau de cretonne, elle avait pu constater qu'ils ne bougeaient pas, aussi impassibles et austères que deux gardiens en faction.

Pourquoi ne tentèrent-ils pas de sonner à la porte ? Elle l'ignore. Ils se contentèrent de cet espionnage odieux durant une bonne demi-heure, temps interminable pendant lequel Solange, traquée, trempa d'angoisse le chemisier fraîchement repassé pour sa promenade au square.

Incapable de bouger, le regard rivé sur ces importuns en qui il lui était difficile de reconnaître et l'amant et l'amie, Solange aurait peut-être flanché si, miraculeusement, à la fenêtre d'en face, son scrupuleux complice, le vieux monsieur grave, n'était soudain apparu. Il lui fallut quelques secondes à peine pour prendre la mesure de la situation. Ce qu'il fit alors fut tout simple, si simple que Solange en y repensant y voit la marque du génie. Il ouvrit bruyamment la fenêtre juste au-dessus de Colette et de Jacques qui, surpris, levèrent la tête puis, de ses yeux implacables capables de transpercer les êtres et les choses, il se contenta d'embrocher les deux intrus jusqu'à ce que ceux-ci, d'un air pour le moins gêné, battent en retraite, Jacques en tête, démoralisé.

Solange sortit de sa cachette de cretonne. Elle trouva normal, on ne peut plus normal, que le vieux monsieur grave lui fasse signe de traverser la rue.

De l'autre côté de la rue, la rue n'est pas tout à fait la même. Un décor différent agrémente le théâtre quotidien qui s'y déroule.

Cette autre perspective, cette nouvelle optique sur les choses égayent Solange. De voir sa propre cuisine avec les rideaux de cretonne aussi. Le côte à côte avec le vieux monsieur grave ajoute encore à l'intensité du face à face. C'est une autre manière de partager.

Ils se mettent à la fenêtre comme on se rend au spectacle, pour des représentations choisies. La sortie de l'école a leur préférence, toujours. Ils se sont attachés aux mêmes enfants. Ce sont les mêmes parents qui les attendrissent ou qui les révoltent, comme si l'injustice s'exprimait ici, à la sortie de l'école, dans les embrassades ou les taloches.

D'être ensemble ne change rien aux habitudes de silence. D'ailleurs, le vieux monsieur grave ne parle presque jamais. Voir lui suffit. Ses yeux, ses yeux seuls parlent ensuite de ce qu'ils ont vu.

De même que auprès de la dame au chat roux, Solange apprend la litanie, l'usage illimité et sans incidence des mots, auprès du vieux monsieur grave, elle s'initie au silence. Lorsqu'elle a causé longtemps tout haut chez elle, en décalquant une graminée nouvelle dans son cahier ou en passant sa purée de pommes de terre, elle traverse parfois la rue juste pour le plaisir de se taire.

Chez le vieux monsieur grave règne un désordre significatif, comme si les objets dispersés un peu partout, et aux endroits les plus incongrus, avaient pour fonction d'exprimer, de compenser, par leur profusion, l'absence des mots. Le contraste n'est pas désagréable pour Solange dont la maison (qui se résume en fait à la cuisine et à la chambre) est rangée méthodiquement. Car Solange range avec application. Elle met chaque chose à l'abri d'autre chose, ne serait-ce que de la poussière qu'elle laisse proliférer comme si c'était elle la gardienne du temps. Parfois, elle dérange pour le plaisir de ranger à nouveau. Elle garde tout ce qu'elle rapporte du dehors. Le moindre sac de papier ou de plastique est réutilisé, soit pour envelopper toutes sortes d'objets, soit pour ranger d'autres sacs de papier ou de plastique.

Lorsqu'elle est en promenade ou qu'elle fait une sieste au « Bon Repos », l'idée que chaque chose est à sa place dans sa maison lui procure une grande satisfaction. Elle procède de même dans la chambre vingt-cinq, au-dessus des bégonias.

Chez le vieux monsieur grave, on passe aussi des moments quiets, lui à bricoler inlassablement des assemblages mystérieux de bois et de carton, elle à lire et à rêvasser, soûlée par les odeurs de colle, cette même colle blanche à l'odeur d'amande qu'elle reniflait en cachette derrière le pupitre relevé de sa table d'écolière, pendant que la maîtresse écrivait en haut et à droite du tableau la date du jour, comme si chaque jour de classe devait s'inscrire ainsi solennellement avec elle dedans.

Rêvasser... Un bien grand mot d'ailleurs pour définir ces instants où Solange, assise dans un fauteuil, les deux mains posées sur sa jupe, les yeux ouverts sur un point fictif de l'espace, est tout entière occupée en réalité à ne penser à rien, ainsi qu'elle apprit à le faire au square en compagnie déjà du vieux monsieur grave. Ne penser à rien, en évitant que le rien lui-même ne devienne quelque chose, exercice mental de haute voltige où elle ne met ni spiritualité, ni mysticisme. État d'extrême sensualité où le corps seul est en mouvement sans le moindre mouvement, une manière de s'associer à l'écoulement du temps, d'en devenir soi-même une part vivante et docile.

Quand Solange émerge du rien, elle a le sentiment très gratifiant de s'être offert le luxe serein de l'inéluctabilité. Elle ne se souvient pas que, même au meilleur de lui-même, Jacques lui ait donné un jour cette exquise sensation de s'épanouir sur ce point d'équilibre où la vie et la mort sont accouplées.

Le vieux monsieur grave doit en savoir quelque chose car, dans ces moments-là, il lève les yeux de sa construction et regarde Solange en rougissant légèrement.

Parfois le vieux monsieur grave allume la radio, aux heures d'informations, moins pour écouter, dirait-on, que pour garder le contact, faire l'effort de principe de participer encore, mais sans conviction. Pour Solange, de toute façon, les actualités, à l'instar des messages sur le répondeur, imposent une concentration démesurée. Elles lui parviennent dans une langue bien trop ancienne, celle qu'elle parlait dans un pays d'où elle se serait depuis longtemps exilée, au point d'avoir du mal avec la syntaxe, le vocabulaire.

Quand il tourne le bouton et que le silence les enveloppe de nouveau, le vieux monsieur grave et Solange ont ensemble le même soupir de soulagement. Mais une fois encore, elle ne peut s'empêcher pour sa part d'éprouver de la gratitude pour les autres, tous ces autres qui demeurent dans la mêlée et continuent de se battre avec un égal courage, une égale opiniâtreté sans réclamer d'elle qu'elle y souscrive.

Même quand elle pense à ses deux poursuivants, Colette et Jacques, légitimement terrassés par le vieux monsieur grave, elle s'attendrit. Cela est vrai surtout pour Colette à qui elle a fini par accorder d'elle-même un rendez-vous.

Elle n'aime pas trop revivre cette rencontre sur le banc du square où Colette a pleuré d'impuissance. L'histoire de la dame en bleu n'a guère ébranlé l'amie sanglée dans un jean encore plus serré qu'à l'ordinaire et d'une agressivité qui faisait peine à voir. C'est Colette qui est partie la première. Solange entend encore le claquement sec et définitif de la porte métallique. Et puis elle se dit qu'elle n'aurait peut-être pas dû lui proposer cela. Lui proposer de la rejoindre...

Solange ne reste jamais bien longtemps chez le vieux monsieur grave. Elle vient chez lui dans le même esprit qu'elle se rend au square ou au « Bon Repos » : sans nécessité, poussée par le désœuvrement, l'oisiveté seule lui tenant lieu de désir, elle seule guidant ses pas d'un lieu à l'autre, sans pression ni contrainte. Mais ce qu'elle apprécie le plus auprès de ce silencieux compagnon, c'est d'être ainsi aux côtés d'un homme sans le devoir ni de donner, ni de prendre, pour la bonne raison qu'il n'y a pas grand-chose à donner et à prendre. Dans ce « pas grand-chose » réside précisément le partage parfaitement gratuit qu'ils font du silence et du spectacle du monde, un partage qui ne nécessite pas de preuves. Cette fois, Solange s'offre le faste de côtoyer un homme sans le soumettre à l'expertise de sa virilité. Quelle liberté, enfin, après tant d'années où il fallut convaincre à coups de ruades et de serments de la pourtant si évidente différence des sexes !

Lorsqu'elle gravit l'escalier de la maison d'en face à petits pas, aussi tranquille que si elle montait chez elle – sans ces battements de cœur si éprouvants qui préludent à des retrouvailles d'amour, remplies d'espoir, certes, mais aussi de menaces, de sombres pressentiments, sans ces fatigants déploiements de coquetterie, ces débauches de parfum et de fanfreluches –, Solange doute si peu d'être femme qu'elle n'aura pas, ou n'a pas eu, l'obligation de le prouver. C'est pourquoi, de tous les hommes de sa vie, Solange pense que le vieux monsieur grave est et sera, de loin, le plus satisfaisant.

Le rythme des appels téléphoniques a bel et bien ralenti.

La lettre type a eu son petit effet.

Jacques, assassiné d'un regard, a donc abdiqué. Colette, radoucie, a envoyé une sorte de mot d'excuse, non pour ce qu'elle a dit mais pour la façon dont elle l'a dit. Elle annonce d'autres lettres, mais ne laisse plus de messages sur le répondeur.

Un matin, grâce à Delphine dont la voix claire bouscule la pénombre du salon pour lui annoncer son retour d'Espagne, Solange comprend que plus de trois mois ont passé. Trois mois ?

Elle pose sur ses genoux son livre d'ornithologie, un texte instructif qui lui permet de mettre enfin un nom sur toutes les bêtes à plume qui piaillent au-dessus d'elle dans le marronnier.

Sa fille sera là tout à l'heure, impatiente, a-t-elle souligné, d'embrasser sa mère. Delphine a noté, sans s'étonner, l'adresse du « Bon Repos », en pensant peut-être qu'il s'agissait d'une auberge.

Trois mois, pour Delphine c'est beaucoup bien sûr. Pour Solange en revanche, ce n'est guère qu'une simple succession de jours. Trois mois, trois jours, trois ans, quelle différence ?

Le temps n'a pas résisté à la nouvelle cadence. La grande et la petite aiguille, d'un commun accord, ont cédé à une autre horloge : le froufrou régulier du crêpe contre les bas de coton, ou de nylon, selon la fraîcheur de l'air.

« Vous n'avez pas vu Carotte ? »

Solange se redresse : la dame au chat roux, décontenancée, agite le collier vide.

« Non, désolée... »

Sans son chat roux, la dame au chat roux paraît infirme.

« Peut-être... la petite Émilie ? » suggère Solange.

La dame au chat roux sans chat roux a-t-elle entendu ? La voilà partie. Pour la première fois Solange remarque qu'elle claudique.

Solange reprend sa lecture. Ce qu'elle apprend à propos du coucou ne lui plaît pas du tout. Elle regrette de s'être intéressée si souvent au chant bucolique de la mère coucou, incapable de construire son nid, dit le livre, et qui fait couver ses œufs par des femelles d'autres espèces, après avoir jeté par-dessus bord leurs propres progénitures.

Même si elle ne s'indigne plus de rien, l'emportement se prêtant mal à l'exercice de la vacuité, Solange s'autorise encore quelques sautes d'humeur, spécialement pour les violences inévitables, celles de la nature par exemple. Bref, la mère coucou la fâche.

« Maman ? »

A cause du coucou, d'ailleurs, elle repense à Michel, l'homme au gros bras humide et à sa pitoyable compagne. Il lui paraît clair, maintenant, que la faute de la femme, c'est d'avoir sacrifié l'enfant, de l'avoir jeté par-dessus bord...

« Maman ? »

Delphine est là, près du fauteuil en rotin. Elle dit « maman ? » comme si elle s'interrogeait, comme si elle doutait.

Mère et fille s'enlacent, s'embrassent. De la bonne et belle tendresse et pour Solange qui n'a tenu aucun corps dans ses bras depuis des mois, le bonheur d'une câlinerie chaude, odorante. Delphine s'assoit sur le bord du fauteuil. Elles se contemplent.

Solange trouve sa fille somptueuse, flamboyante.

Certes, dans les yeux de Delphine il y a bien un peu d'embarras, le même qui suscita chez Colette et Jacques le fameux « qu'est-ce qui se passe ? » aussi désolant que vain. Mais Delphine ne s'abaisse pas jusqu'à cette question comme elle l'avait fait le premier soir lorsqu'elle avait vu sa mère dans le tailleur gris (moins à cause du tailleur d'ailleurs que d'un excès de bon sens inhabituel). C'est bien agréable pour Solange, qui n'en attendait pas moins de son enfant, sa fille, autant dire une part d'elle-même.

« Tu te plais, ici, maman ? » demande Delphine sobrement en s'asseyant sur le bord de la chaise longue.

« Oui, beaucoup. »

Solange prend la main de la jeune fille. Sur une des mains : les fleurs d'ombre, précieuses broderies du temps ; sur l'autre : aucune marque, aucune trace, la splendeur nue, immaculée de la jeunesse. Dans les fauteuils voisins, les vieilles têtes dodelinent. C'est l'heure de la sieste.

« Tu vas rester longtemps ?

– Pardon ?

– Tu vas rester longtemps, ici, maman ? répète Delphine très calme.

– Oui... sans doute...

– Tu ne sais pas, c'est cela ! » conclut Delphine avec un désarmant sourire.

Solange caresse la main en guise de réponse. Delphine regarde ailleurs :

« Ils sont magnifiques ces bégonias !

– Oui ! Tu as vu ! C'est Lucien qui s'en occupe. Lucien, c'est le jardinier. Je suis contente que tu les aimes, toi aussi ! Ma chambre donne juste au-dessus. C'est commode pour les regarder pousser !

» Et toi, ma chérie ? Raconte-moi donc, l'Espagne ! »

Et la fille va conter plus d'une heure durant et la mère écouter comme elle n'a jamais écouté, d'un angle nouveau, d'un point de vue inédit sur la carte du Tendre.

A la fin, elles rient si fort à propos du père de Delphine, qu'une infirmière, de loin, met un doigt sur sa bouche en désignant les vieux endormis. Elles baissent la voix.

« Et toi, maman, tu me raconteras ? » chuchote, à son tour Delphine, feignant la désinvolture.

Solange pense à la dame en bleu, au sourire partagé. Cela se raconte-t-il ?

« Je te raconterai... », promet-elle pourtant, puis sans transition, elle ajoute : « Tu aimes la soupe de légumes ?

– J'adore ! » répond Delphine sans l'ombre d'une hésitation.

Elle disait cela aussi des chewing-gums, des roudoudous et des frites, il n'y a pas si longtemps. Ou bien il y a très longtemps, trois ans, treize ans, quelle différence ?

Délicieuse vision. Solange l'imagine, la soirée douillette dans la cuisine aux vitres embuées de poireau : elle en confidente, paisible, rassurante. Delphine en conquérante, retranchée le temps d'une soupe, avant de repartir à l'assaut du tir serré de ses bataillons d'amoureux…

Les oiseaux dans le marronnier se déchaînent. L'un d'eux s'attaque au tronc avec frénésie en faisant un bruit de crécelle.

« Tu vois, celui-là, c'est une sittelle, explique Solange. Sa particularité est de picorer la tête en bas.

– Tu t'intéresses aux oiseaux ? demande Delphine en remarquant le livre posé sur les genoux.

– Aux oiseaux… A tout, à rien… en fait, je… »

Solange n'a pas le temps de terminer : la dame au chat roux a surgi avec Carotte dans les bras. Elle ne boite plus.

« Vous aviez raison. Je l'ai trouvé chez la petite Émilie. »

Solange présente sa fille. Aussitôt, la dame au chat roux tricote, au point mousse, assez grossier, un rang entier de jeunesse d'aujourd'hui, un beau sujet pour Carotte.

Delphine directement concernée aurait riposté sans le clin d'œil suggestif de sa mère. De toute façon, la tricoteuse s'en est allée, prenant l'animal à témoin de la différence des générations.

Silence mérité. Le soleil cesse de tracasser les branches du marronnier. Les oiseaux se calment. La sittelle a cessé son bruit de crécelle et s'est redressée, la tête haut levée.

A côté, un monsieur s'est éveillé. Il contemple ses voisines, longuement, surtout Delphine. Peut-être cherche-t-il à forcer dans une des chambres de sa mémoire si longtemps maintenue fermée le volet un peu rouillé, autrefois grand ouvert sur une silhouette de jeune fille ?

Delphine salue le vieil homme d'un hochement de tête tout à fait gracieux en jetant en arrière sa crinière de pouliche.

Solange considère tendrement ces cheveux si semblables aux siens : le même jais, la même impétuosité un peu provocante. Ils ont pris la relève en quelque sorte. Ils constituent, si cela était nécessaire, une dispense de plus. La pensée de sa fille lui succédant lui est infiniment douce. Une preuve que la nature ne fait pas tout de travers comme pour la mère coucou.

Delphine, dont l'intuition est aussi un héritage, a senti le regard de sa mère :

« Le chignon te va bien, maman, constate-t-elle sans la moindre malice.

– C'est surtout très reposant », répond Solange ravie. Et les cheveux blancs, les a-t-elle vus les cheveux blancs ?

Le carillon de quatre heures sonne dans la salle à manger. C'est l'heure du goûter, biscottes beurrées, biscuits, chocolat tiède...

Comme si elle avait compris, Delphine se lève en tirant sur sa robe en stretch fort courte et fort seyante. Pour les jambes aussi, la succession se présente bien.

« Bon. Je vais y aller..., dit-elle, pleine d'entrain.

– Tu veux venir demain soir manger une soupe... à la maison ? » demande Solange en pensant à la meute des prétendants lâchés sur les jambes brunes et nerveuses, leurs crocs plantés dans la robe en stretch si courte, si seyante.

« A la maison ?... (Delphine paraît surprise mais aussi rassurée.) Oui, oui, bien sûr ! »

A nouveau mère et fille s'enlacent, s'embrassent. Delphine, le sac en bandoulière, se balance d'un pied sur l'autre, une habitude de l'enfance quand elle hésitait à dire quelque chose, habitude que peut-être, se dit Solange, elle gardera toute sa vie.

D'autres vieillards sortent du sommeil, ouvrent leurs yeux étonnés. On dirait qu'ils n'en reviennent pas d'être encore là, comme si, avant de s'endormir, ils s'étaient préparés, à tout hasard, au grand saut, certains rassurés, plutôt soulagés de faire encore partie de ce monde, d'autres au contraire, déconcertés, vaguement déçus.

« Tu sais, maman…

– Oui ma chérie ?

– J'ai eu une drôle d'impression en arrivant tout à l'heure.

– Ah !

– Oui… Imagine-toi que sur le moment, je t'ai prise pour grand-maman !… C'est fou non ? »

Fou ? Si c'était fou, pourquoi Solange sourirait-elle ainsi d'un sourire entendu, pénétrant, tout nimbé de bleu ?

Le retour de Delphine ne modifie en rien la vie de Solange.

Dès la première soupe, enhardie par l'odeur familière du poireau, Solange a raconté. Solange a bien vu que Delphine prêtait à son récit une attention extrême, tandis qu'assises à la table de la cuisine, elles épluchaient ensemble les flageolets destinés à un cassoulet, plat dont elle attend beaucoup, s'en étant privée trop longtemps pour des motifs diététiques et esthétiques qui lui paraissent maintenant bien consternants.

Delphine, donc, n'a fait preuve ni d'impatience ni d'alarme, bien que par quelques judicieuses remarques elle ait laissé entendre que, si bien sûr elle comprenait, elle ne doutait pas que tout cela fût provisoire. Elle a ri à plusieurs reprises et montré de l'intérêt pour les études botaniques sur les graminées des Indiens d'Amérique latine. En partant, elle a même demandé à sa mère de lui montrer la fenêtre du vieux monsieur grave d'où furent pourfendus Colette et Jacques.

Depuis cette soirée, essentielle pour Solange qui est bien décidée à rester évasive quant à l'aspect transitoire ou non de son changement de vie, Delphine continue régulièrement ses visites, y compris au « Bon Repos », mais elle a avoué à sa mère une préférence pour les soupes à la maison.

Il faut dire que ces moments d'intimité leur sont devenus indispensables, davantage encore que du temps de « Chez Pierre », le restaurant du mardi où, en sœurs espiègles, débordées par d'éternelles intrigues amoureuses, elles se racontaient leurs fredaines.

Cette fois, les rôles sont clairs : Delphine s'enflamme ? Solange tempère. Delphine se désole ? Solange console. De là où elle est,

Solange a l'impression, une fois de plus, qu'elle peut tout entendre, avisée, toute-puissante, même si parfois Delphine lui dit en souriant : « Maman, tu radotes », ce que Solange reçoit avec un sourire.

Lorsque sa fille vient dîner, elle apporte en cadeau, à tout hasard, un flacon de parfum ou un chemisier fantaisie dont elle sait pourtant qu'ils finiront dans le bas de l'armoire, dans les boîtes en carton où Solange a rangé son ancienne garde-robe de combat, puis spontanément elle se juche sur le tabouret de la cuisine, au coin de la fenêtre. Elle aussi commente le spectacle de la rue mais surtout elle rapporte de la ville des histoires pleines de tumulte et de fracas à donner le tournis, en balançant ses jambes au rythme du moulin à légumes.

Solange laisse dire en hochant la tête, un réflexe pratique acquis au « Bon Repos » qui permet de compatir sans effort.

Parfois, Solange cesse de mouliner pour mieux entendre les brisures ou les éclats de ce cœur de jeune fille dont elle découvre seulement aujourd'hui l'étrange complexité.

Quand la soupe fumante est servie dans les assiettes, Solange parle à son tour, dit son sentiment. Delphine avale tout d'un coup, la soupe et les conseils.

A la nuit, quand sa fille quitte la maison, casquée, cuirassée, bardée, harnachée comme il faut pour affronter le monde, elle dit « merci maman » d'une drôle de manière. On la sent partagée entre le bénéfice d'avoir enfin une mère gagnée par la sagesse et le désir nostalgique de l'associer de nouveau à ses frasques. Et là, sur le palier, Solange ne manque jamais de poser sur le front de la jeune guerrière le baiser de paix…

Les semaines, les mois continuent de s'étirer dans la même nonchalance, s'emboîtant sans nécessité impérieuse, semblables à ces assemblages de bois et de carton bricolés par le vieux monsieur grave avec lequel l'idylle abstraite et silencieuse se poursuit.

Une après-midi, juste après le goûter des enfants sortant de l'école, le vieux monsieur grave a tendu un paquet à Solange en prononçant trois mots : « C'est pour Delphine. » Comment connaissait-il l'existence de sa fille et surtout son prénom ? Peut-être l'avait-il aperçue derrière le rideau de cretonne les soirs de visite, à moins que la dame au chat roux ne lui ait tricoté quelques mailles à ce propos ?

Dans le paquet, soigneusement enveloppé dans la cellophane, un assemblage de bois et de carton que Delphine a trouvé « super », peut-être avec un rien de complaisance dont Solange n'est pas tout à fait dupe mais qu'elle apprécie...

En descendant l'escalier, se tenant prudemment à la rampe, car depuis quelque temps elle éprouve un léger sentiment de vertige devant ces marches raides qu'elle dévala si souvent comme un hussard en pestant contre la montre, Solange songe à son assemblage à elle, celui de sa nouvelle existence que la vacuité et le hasard seuls font tenir ensemble. On ne voit pas ce qui pourrait maintenant déranger cette construction harmonieuse et libre, parfaitement conçue pour s'éterniser.

Pas de lettre de Colette dans la boîte. C'est de bon augure pour le petit programme que Solange s'est concocté au petit déjeuner entre la biscotte à la confiture d'abricots, dont elle a cuit quelques pots la semaine passée, et la biscotte au miel d'acacia. Son intention est d'aller voir la Seine en autobus.

Le 85 est long à venir mais elle a tout son temps et puis le vent frais de cet après-midi est bien plaisant. Elle a d'ailleurs mis ses bas de nylon avec le tailleur gris. D'autres personnes viennent grossir la file d'attente, anormale à cette heure et à cet endroit. On s'impatiente, on s'indigne : la RATP n'est plus ce qu'elle était.

Solange ouvre son petit sac en cuir tressé. Elle hoche la tête, se tamponne les yeux avec son mouchoir brodé.

L'autobus arrive enfin. Il est bondé. Les gens se bousculent pour y entrer. Solange est entraînée à l'intérieur.

Elle qui pensait s'installer tranquillement

pour admirer le paysage se retrouve debout, serrée entre une dame d'une soixantaine d'années – assez chic avec sa permanente de cheveux blancs teintés de mauve, mais douteuse quant au parfum, de la violette sans doute – et une étudiante encombrée de livres dont les cheveux longs viennent lui chatouiller le nez.

En face d'elle, un jeune garçon est assis, des écouteurs sur les oreilles. On entend le grésillement irritant de sa musique, un rythme frénétique qui semble le satisfaire puisqu'il tape du pied pour l'accompagner.

Solange se dégage de ses voisines et se poste devant lui. Elle affiche son inconfort.

Comme elle ne s'est pas mise en colère depuis très longtemps, n'en ayant plus guère l'occasion, elle ne sait pas encore que c'est la colère qui monte en elle, une colère saine car justifiée par ce nigaud, ce mal élevé qui n'a pas appris qu'on cède la place aux anciens.

Comment ! Il reste assis sans broncher, devant elle, et l'idée ne lui viendrait pas !

Solange, fâchée, agite son petit sac au-dessus de sa tête. Elle soupire avec conviction.

Les hoquets de l'autobus sont pénibles mais plus pénible encore cet air indifférent du garçon qui grésille de plus belle.

Solange ne se maîtrise plus, elle explose :

« Mais enfin, jeune homme, vous pourriez peut-être céder votre place ! »

Et l'inexplicable se produit. Le garçon acquiesce. Sans retirer ses écouteurs, il se lève aussitôt et de très bonne grâce, avec le plus affable des sourires, désigne son siège… à la dame chic aux cheveux blancs teintés de mauve mais au parfum douteux. Solange est abasourdie, pour ne pas dire humiliée. Elle préfère descendre pour attendre le prochain autobus.

Bien plus tard, elle s'offrira le moment tant attendu : voir clapoter la Seine sur le quai du Pont-Neuf, mais l'épisode de l'autobus lui laisse une impression d'agacement, d'incompréhension. Elle a beau le tourner et le retourner, elle n'arrive pas à comprendre le comportement du garçon aux écouteurs. Pour elle, c'est un mystère, plus épais encore que celui de Michel, l'homme au gros bras humide. Le garçon l'a-t-il vraiment regardée ? C'est à croire que non.

Les clapotis du fleuve, dont l'effet est supposé lénifiant, ne viennent pas à bout de son agacement. Elle décide de rentrer en taxi.

A la maison, une surprise l'attend : un bouquet de roses posé contre sa porte. Le mot de Jacques l'étonne par son tact. Sans insistance, sans sous-entendu, il tient, dit-il, à marquer un anniversaire.

De quel anniversaire s'agit-il ? Solange ne parvient pas à s'en souvenir, d'autant qu'aujourd'hui elle considère chaque jour qui passe comme digne d'être célébré, mais le geste est gentil, elle en convient, même si la rose est autrement moins intéressante que le bégonia. Elle se demande, en portant le vase de fleurs sur le balcon afin qu'elles profitent de la fraîcheur de la nuit et en pensant à l'extrême discrétion de son amie qui ne la tyrannise plus avec ses messages et ses lettres, si Colette et Jacques n'auraient pas été chapitrés par Delphine...

C'est en refermant la fenêtre qu'elle l'aperçoit, en haut du dernier carreau. Une magnifique araignée, trônant dans sa toile. Son cœur bat plus fort. Hier, c'eût été de frayeur, maintenant c'est d'une émotion singulière, la même qu'elle éprouva le jour où une chouette blanche était tombée par mégarde dans la cheminée du bureau de son père. Elle se souvient d'avoir veillé l'oiseau et surtout de l'étrange regard de ces deux yeux trop grands. Au matin, Solange avait décidé que la mort de la chouette n'était pas si grave, que seul comptait le rendez-vous, que seule survivrait la rencontre, magique, d'une chouette blanche venue de la nuit, du secret de la nature et d'une fillette de sept ans en tablier rose avec de l'encre sur les doigts...

Au cœur de la ville, dans ce salon autrefois si agité, plein de débats et d'ébats, l'araignée aussi venait sceller un lien, honorer le calme, la solitude, remercier du silence, de la pénombre, saluer l'absence de chiffons, couronner la lenteur calculée, la nouvelle cadence, le balancement doux.

Solange contemple en souriant cette compagne de quiétude. Elles seront donc deux désormais à tisser la paix, suspendant le temps aux fils transparents de leurs vies retirées et complices, deux à balancer dans le vide.

Elle referme avec précaution la porte du salon, avec la promesse de se procurer à l'occasion un livre d'arachnologie.

En se glissant dans les draps, elle trouve délicieux, comme chaque jour, de se coucher ainsi sans harassement, avec juste cette langueur du soir qui appelle le repos, un délassement plus voluptueux qu'impérieux.

La présence de l'araignée laisse loin derrière la scène contrariante de l'autobus sur laquelle elle décide de ne pas revenir.

Sur la table de nuit, dans un cadre en verre acheté tout spécialement pour la photo de l'album, la mère de Solange la regarde dans le tailleur gris.

« On dirait une sœur », se dit Solange une fois de plus, mais une fois de plus, elle est frappée du regard triste, de cette mélancolie qui brouille le visage de sa mère, comme si l'âge était venu violenter, torturer ses traits.

Solange soupire d'aise en sirotant son infusion. Elle mesure sa propre fortune face à cette sœur-mère si douloureusement trahie par une vieillesse qu'elle n'a pas eu, comme elle, la chance de devancer.

Une douce langueur inonde chaque partie de son corps, puis son esprit, gagné par la même douceur, chavire lentement. Le sommeil vient de lui-même, après trois petits coups frappés par politesse à la porte du corps, sachant qu'il est attendu avec la dernière lampée de verveine au miel.

Solange est dans la rue.

En sortant du square où elle n'a croisé personne, en dehors du jardinier qui l'a persécutée avec des questions indiscrètes entre deux vrombissements de tondeuse, s'acharnant contre les malheureux brins d'herbe du rectangle de gazon si nécessaires à Carotte, l'envie lui est venue de s'en aller du côté des Grands Boulevards. Ce doit être à cause du rêve de cette nuit. Cette fois, au lieu de marcher à ses côtés en devisant, la dame en bleu disparaissait dans la foule, mystérieusement, en cachant son visage.

Solange est dans la rue, le flot continu des gens.

Autour d'elle, on piétine. Elle se laisse

dépasser. Ses voisins en la doublant jettent sur elle un regard agacé puis ils filent, bien décidés à rattraper le courant, à retrouver le tempo, l'élan collectif, comme s'ils s'étaient donné le mot, comme s'ils poursuivaient le même but.

Solange va tranquille.

Elle flâne tandis que les autres courent.

L'agitation autour rend plus délectable son propre flegme.

Elle pense à l'araignée, à sa marche lente et délicate en équilibre sur son fil transparent en haut du dernier carreau. Solange aussi suit son fil, lente et délicate, le fil de son destin sans contrainte.

Elle va, une jambe après l'autre, très consciencieusement, tout en mesure, pesant chaque pression du pied sur le bitume, dans un balancement doux du corps.

Sur le sol, l'ombre du chapeau bleu ondule : une fleur sous la brise.

Elle incline la tête pour écouter le froufrou régulier de sa robe en crêpe marine contre ses bas de coton clair.

De la foule émane une petite odeur fétide,

celle d'une marche forcée, tenace comme la fatigue. Le martèlement des pieds résonne. On dirait un roulement de tambour.

Solange serre contre elle son petit sac en cuir tressé pour mieux se clore, pour mieux se protéger de tout cet emballement qui l'entoure…

D'abord c'est une simple présence à ses côtés, puis l'impression se précise : quelqu'un ralentit. Quelqu'un retient sa marche.

Une femme.

Sur le sol, l'ombre se dessine, une silhouette en tailleur court, et des cheveux, des cheveux qui flottent au vent.

La femme hésite. Elle aussi se laisse dépasser. Progressivement, Solange la sent qui réduit ses enjambées, demeure dans sa foulée…

Solange trouve bien assorties ces deux ombres qui tanguent maintenant à l'unisson, indifférentes, souveraines, bien mélodieuse leur cadence au milieu de la confusion.

Son rêve de la nuit lui revient, celui de la

dame en bleu s'évanouissant dans la foule avec un visage inconnu.

Solange ne tourne pas la tête. Elle sait. De savoir lui donnerait presque envie de rire.

Longtemps, elles cheminent ainsi, silencieusement, jusqu'au moment où la femme marque un temps, semble hésiter à nouveau.

Solange alors la regarde.

Le sourire échangé ressemble à un acquiescement.

La femme tourne le coin de la rue.

C'est fait.

La femme s'éloigne consciencieusement, tout en mesure, pesant chaque pression du pied sur le bitume, dans un balancement doux du corps, la tête un peu inclinée comme pour.

Solange la suit des yeux.

Dire que l'idée lui en vient serait exagérer. Plutôt une impulsion.

Une impulsion la pousse soudain à presser le pas.

Impression réalisée sur CAMERON par
BRODARD ET TAUPIN
La Flèche

pour le compte des Éditions Stock
23, rue du Sommerard, Paris Ve
en décembre 1995

Imprimé en France
Dépôt légal : janvier 1996
N° d'édition : 2810 – N° d'impression : 1188N-5
54-02-4576-01/2
ISBN : 2-234-04576-2